DREAMBOOKS

신수의 주인

태선 판타지 장편소설

ORIGINAL FANTASY STORY & ADVENTURE

dream
books
드림북스

신수의 주인 4

초판 1쇄 인쇄 2017년 3월 23일
초판 1쇄 발행 2017년 4월 3일

지은이 태선
발행인 오영배
기획 박성인
책임편집 김규영
일러스트 EMJE
제작 조하늬

펴낸곳 (주)삼양출판사 · 드림북스
주소 서울시 강북구 도봉로 173
대표 전화 02-980-2112 **팩스** 02-983-0660
편집부 전화 02-980-2116 **팩스** 02-983-8201
블로그 blog.naver.com/dreambookss
출판등록 1999년 3월 11일 제9-00046호

ISBN 979-11-313-0664-2 (04810) / 979-11-313-0660-4 (세트)

드림북스는 (주)삼양출판사의 판타지 · 무협 문학 브랜드입니다.

ORIGINAL FANTASY STORY & ADVENTURE
태선 판타지 장편소설
신수의 주인
4
dream
books
드림북스

목 차

Chapter 1
공주님의 현실

1.

매끄럽고 차가운 바닥 위로 어둠이 축축하다. 빛 한 점 허락하지 않는 이곳에서 가만히 바닥에 귀를 댄다. 먼 곳에서 태엽 감는 소리가 울린다. 태엽을 쥐고 있던 손이 떨어지자 톱니가 맞물리며 돌아간다. 기판을 타고 멜로디가 마왕성을 울린다.

여기는 제2 마계.

마왕대전에서 강한 마왕일수록 높은 자리로 올라간다는 점을 염두에 두었을 때, 이 두 마왕은 열세 명—비록 가장 마지막 층의 마왕이 누군지 밝혀지지 않았다고는 해도—의 마왕들 중에서도 서열 2위라는 뜻이었다.

한쪽의 이름은 루비너스, 율법과 물리법칙을 상징하는 마왕. 다른 한쪽은 사파이너스, 인형과 태엽 장치를 다루는 마왕이다.

쌍둥이이고 구별할 수 있는 거라곤 좌우의 가르마를 기준으로 나 있는 머리카락 색의 순서 정도겠다. 그렇다고 해도 평소에 이놈들을 봐 온 가신들이라면 모를까, 생판 처음 보는 내가 왼쪽, 오른쪽 일일이 구분하며 호칭 가려 줄 수도 없고, 애초에 나는 납치당한 처지 아닌가.

루비너스, 사파이너스가 아니라 한 놈은 불한당, 다른 한 놈은 도둑놈이라고 불러 줘야 할 판국이다.

어찌 되었건 떡잎부터 노란 그 어린 마왕님들은 내 격렬한 저항에 못 이겨 돌아갔다.

'엄마들은 처음엔 다들 그래. 하지만 괜찮아. 나중에 또 봐.'
'엄마, 푹 쉬고 푹 자! 내일 또 봐!'

그렇게 말하고는 문을 닫고 나갔다. 어둡고 어두운 이곳, 톱니가 맞물리는 소리만이 공허를 달렸다. 다리에 족쇄만

달았을 뿐 사슬이 길어 움직이는 데 제약은 없다. 그러나 상대는 마왕.

내가 아무리 인체 개조된 초인이라고 해도 놈들의 손짓 한 번에 목뼈가 부러진다는 사실에는 변함이 없었다.

'검이 필요해.'

소환되면서 챙겼던 무기는 어딘가로 사라졌다. 지금은 이자들에게 대항할 수 있는 수단이 하나도 없는 셈.

'도망을 치는 게 우선이지만, 대체 어디로?'

여기는 제2 마계. 마계는 마왕의 것. 날씨뿐만 아니라 시간과 공간까지, 모든 것이 마왕의 관할하에 들어가지 않던가.

'찾으러 온다고 했어.'

엘과 아카넬.

지금 상황에서 믿을 수 있는 건 두 사람뿐이다.

발목에 감긴 사슬을 손톱으로 두드려서 그 안에 함유되어 있는 철과 기타 성분을 감별한다.

감별이 끝난 후, 침대 시트를 뜯어서 족쇄 틈에 쑤셔 넣어 내 발목을 감싼다. 마지막으로 굴러다니는 촛대를 집어 들고는 족쇄를 두드렸다.

공진(共振)!

과거 내가 대공의 검을 부술 때 사용했던 기술이다.

마력을 보태지 않았으니 절삭력이 올라가진 않는다. 대신 금속이 진동하며 내구력이 감소한다. 그리고 한순간, 나는 100분의 1초도 안 되는 짧은 틈을 계산해 촛대로 족쇄를 때렸다.

　까앙!

　한 방에 족쇄가 부서진다.

　"나를 가두려면 줄로 묶어 놓든가 나무 족쇄로 했어야지."

　존재하는 모든 철은 나의 편이다. 아마 이 마왕들은 내가 대장장이라는 것만 알고 있지 내 능력에 대해서는 잘 모르는 모양이었다.

　'이 다음은 안전한 곳을 찾아 숨어 있으면 되나?'

　이 녀석들은 제정신이 아니다. 율법과 태엽을 다룬다고 했으면서 정작 이성이라고는 한 톨도 보이지 않는다. 미친 놈들 상대로 협상을 해 봐야 먹힐 리도 없고, 저 멀리 도망가서 사태나 지켜보는 게 가장 좋을 거다.

　그때 경첩이 뒤틀리는 소리가 들렸다. 반사적으로 나는 공격할 준비를 취한다. 문이 열리자마자 품에 파고들어 주먹을 내뻗는다. 기술이 들어가기 직전, 상대가 비명을 지른다.

　"아, 아가씨!"

　익숙한 목소리에 주먹을 거둔다. 그러나 완전히 빼지는

못하고 파괴력만 감소시켜 얼굴에 스친다.

"이런, 청안!"

청안의 작은 몸이 붕 뜰 줄 알았는데 생각보다 둔탁한 감촉이 느껴진다. 아무리 힘을 뺐다고는 해도 예전의 청안이라면 바닥에 굴러 박혔을 터. 지금은 그걸 팔로 막아 버렸다.

"아고고. 아픕니다, 아가씨."

"괜찮아?"

"네, 괜찮습니다. 그보다 열쇠를 들고 왔는데 아가씨는 이미…… 부수셨군요."

청안의 놀란 얼굴을 보고 있자니 머쓱해 죽겠다.

"아하하, 나도 가만히 있을 수는 없잖아."

청안이 한숨을 포옥 내쉬었다.

"과연 아가씨답습니다."

"청안이야말로 괜찮아? 잡혀 있는 거 아니었어?"

청안의 이마가 살짝 일그러진다. 앳되고 고운 이마에 주름이 생기는 건 원치 않아 엄지로 그의 이마를 문지른다. 청안은 그제야 어색하게 웃음을 터뜨리며 내 손길에 순순히 이마를 맡긴다.

"여기 데려오고 발톱 하나 뽑아 버리더니 그 다음은 마음대로 하라고 두더군요. 대신에 추적 마법을 건 모양이라이 마왕성을 나가는 건 불가능할 거 같습니다. 그 후에 아가씨가 이 세계에 소환되었다는 말을 듣고 열쇠를 받아 여기까지 달려온 거구요."

문득 그제야 그의 엄지손톱이 눈에 들어왔다. 인간의 모습으로 변하더라도 부러진 발톱은 어떻게 할 수 없었는지, 손톱이 있던 곳이 살점까지 뜯겨져 완전히 드러나 있다. 곪지는 않았지만 얼마나 고통스러웠을지 마음이 아프다.

"치료라도 하지 그랬어."

"그럴 정신이 없었네요."

다급한 마음에 커튼을 또 북 뜯는다. 청안이 양손을 휘휘 젓는다.

"괜찮습니다, 아가씨! 저희 종족은 이깟 상처 정도는 금방 낫는걸요! 발톱 정도는 금방……!"

"아, 입 좀 다물어 봐. 정신 사나우니까."

나는 억지로 그의 입을 막고는 손가락을 붕붕 감았다. 소독용 알코올이나 연고도 없이 내가 봐도 어설픈 처치다. 그래도 뭐라도 하지 않으면 눈물이 날 것 같았다. 나 때문에 이렇게 된 거니까.

'내가 약해서 그런 걸까.'

아무리 맹약이 중요하다고 해도 내 소중한 사람을 잃어서는 무슨 소용이 있을까. 그 상자에 들어 있던 게 발톱이 아니라 청안의 목이었을 수도 있었다. 발톱만 뜯어간 것을 감사해야 할 지경이다.

입술을 꽉 깨물었다. 고통이라도 느껴지지 않으면 울 것 같았다. 나는 울보다. 나도 알고 있다. 그러나 여기서 약해질 수는 없었다. 내가 약해진다면 청안도 약해진다. 내가 무너지면 청안도 무너진다.

"아얏! 아픕니다, 아가씨! 좀 살살!"

"참아. 대충 묶으면 풀어진다고."

억센 척. 강한 척.

"피 안 통한다고요."

"그거 다 보면서 하고 있어."

뻔뻔한 척. 무심한 척.

내 안의 수많은 가면들을 주섬주섬 주워 억지 성벽을 쌓는다. 강해져야 했다. 그러지 못하면 적어도 강한 척이라도 해야 했다.

나는 몸을 일으켰다. 그러고는 허리에 손을 얹고 힘껏 가슴을 편다.

"청안에게 열쇠를 주었다면 여기를 돌아다녀도 된다는 허락의 뜻인 건가?"

"그런 것 같습니다. 하지만 아가씨, 아가씨도 보셨겠지만 그자들은……."

"정상이 아니지."

목숨. 파리 같은 목숨. 그저 사소한 변덕 하나만으로 지워질 하찮은 목숨.

그걸 정하는 절대자는 기준도 없이 미쳐 있다.

내 뒤에는 누군지 모를 해골이 누워 있다. 그녀의 죽음은 어땠을까. 죽을 때까지 이 방에 있었던 걸까? 알 수는 없다. 아주 오래된 해골에는 먼지만이 고독이 되어 앉아 있다. 이곳에서 '그녀'처럼 될 수는 없었다.

그렇다면 내가 취해야 할 행동은 딱 하나.

"나가자."

힘차게 방문을 박차고 나갔다. 그리고 밖을 보자마자 나는 못 박힌 듯 서 버렸다. 나사처럼 이어진 원형 복도 가운데에 거대한 얼굴이 보였다. 생물인가 했는데, 얼굴 표면이 살이 아닌 금속으로 덮여 있었다.

인형이었다. 눈을 감고 있는 거대한 인형.

인형의 뒤통수에는 수천, 수백의 톱니바퀴가 포도처럼 맺혀 있다. 1초에 한 바퀴, 1분에 한 바퀴, 1시간에 한 바퀴씩 수없이 많은 톱니들이 시계처럼 움직인다.

"저게 뭐지?"

청안이 답했다.

"이 성이라고 하더군요."

"성?"

"네. 이 성을 움직이는 무언가라고 합니다. 그래요, 그자들이 이렇게도 말했습니다. '빅마마' 라고."

이윽고 거대한 인형이 천천히 눈꺼풀을 뜬다. 그녀의 눈꺼풀 하나가 내 뒤에 있던 문짝보다도 컸다. 그것은 내 키보다도 거대한 동공을 움직이더니 이윽고 나를 바라보았다. 나는 숨도 쉬지 못하고 그것을 바라보았다.

이윽고 그것이 입술을 벌린다.

[안녕하십니까, 미스 알테리온 영애. 제2 마계에 오신 것을 환영합니다.]

얇은 철판을 입에 물고 말하면 이런 목소리가 나올까.

손바닥 오목한 곳을 타고 땀이 맺힌다. 주먹을 힘껏 쥐었다.

"당신은 누구죠?"

신이시여. 부디 제 가면이 이들을 속일 수 있게 해 주소서.

[저는 'A—DOLL'. 이 성을 움직이는 자아 통합체입니다. 루비너스 님께서 설계하셨고 사파이너스 님께서 만드셨습니다. 필요하신 게 있다면 언제든지 제게 말씀해 주세요. 다른 인형들을 통해 돕도록 하겠습니다.]

"인형이라고요?"

그녀의 동공이 살짝 움직였다. 그러자 멀리서 태엽이 맞물리는 소리가 들렸다. 사람과 똑같은, 그러나 사람보다 고요한 존재들이 나를 향해 걸어왔다. 그녀들에게서는 철과 기름 냄새가 났다. 목 뒤에 박힌 태엽만이 그녀들이 인간이 아님을 알려주었다. 유리구슬로 만든 고요한 눈동자로 그녀들이 말했다.

[저희는 이 성을 이루는 권속들입니다.]

내가 살짝 대답을 망설이자 거대한 그녀가 말했다.

[각 마왕님들마다 권속이 다르십니다. 일전에 만나셨던 앵속의 마왕, 제3 마계 키르카 님이 그나마 대중적인 권속을 데리고 계시지요.]

성에 있던 마족 하인, 하녀들을 말하는 건가?

일단 숨은 쉬고 밥은 먹고 잠도 자니까 그걸 대중적이라고 하면 대중적인 모습이라고 할 수 있겠지. 동화책에 나오는 마왕성과 크게 다르지 않았으니까.

그러나 여기는 다르다. 무기질 껍질 속에서 움직이는 그녀들을 보고 있자니 헛웃음이 나왔다.

"그러면 이 성에는 인형들밖에 없는 겁니까?"

[질문의 뜻을 모르겠습니다.]

"그러니까 살아 있는 존재는 그 두 어린 마왕뿐이냐고요."

[맞습니다.]

"얼마나 오래?"

[그분들이 데려오시는 '엄마'가 살아 있는 시간을 제한 다고 해도, 제가 존재하기 전부터 그 두 분은 두 분뿐이셨 습니다.]

"미치는 게 당연하네요."

[말씀의 뜻을 모르겠습니다.]

"외롭지 않대요?"

[질문의 뜻을 이해할 수 없습니다.]

어쩐지 가슴이 답답했다. 이곳은 일종의 거대한 장난감 상자였다. 마왕의 힘을 가진, 그러나 전혀 성장하지 못한 두 소년이 만들어 낸 장난감 상자.

"여기 쌍둥이 마왕들은 대체 뭐하는 자들이죠?"

[이곳을 통치하는 분들이십니다.]

사람의 질문에 인형의 답변만이 공기를 가른다. 나는 입 술을 깨물었다. 정보가 필요했다. 그들과 싸워서 이기는 건 무리다. 도처에 깔려 있는 메이드들, 그리고 이 성 그 자체 라는 A—DOLL을 보고 있자니 숨는 것도 무리라는 걸 아 주 잘 알겠다. 인질이 된 청안까지 추적 마법을 걸어 놓고 말이지. 그렇다면 처음에 포기했던 그 계획, 협상을 하든 시간을 벌든 회유를 하든 입으로 할 수 있는 바를 해야 한 다.

미친 꼬맹이들을 상대로.

"마왕이 되기 위해서는 이 세계에서 가장 강한 존재여야 한다고 하더라고요."

그녀의 눈동자 위에 빛 무리가 맺힌다. 빛은 숫자와 마법 공식을 그린다. 이윽고 그녀가 말했다.

[저장된 지식에 따르면 그 두 분께서는 어린 나이에 이곳에 있는 모든 마족을 멸하셨습니다. 산 자는 없습니다. 그리고 그곳에 저희를 채워 넣었습니다.]

"아무도 살아 있지 않아요? 그 전에는 제대로 된 마족이 있었고요?"

[저장된 지식에 따르면 제3 마계와 유사한 마족들이 존재했던 것으로 기억됩니다. 제2 마계의 마왕은 애초에 두 쌍둥이가 태어나면 자신의 시대가 멸할 것이란 예언을 받았고, 예언의 날짜에 예언된 장소에서 임신한 산모를 잡아 죽였습니다. 본보기를 보이기 위해 나무에 매달았는데, 배를 갈라 아이까지 확실히 처치해야 한다는 건 미처 예측하지 못한 것 같습니다. 이 오류는…….]

그녀는 말을 이어 나갔다. 그녀의 목소리가 나를 내리누른다. 구토감이 밀려온다.

[미스 알테리온, 생체 신호가 약해졌습니다. 휴식을 권고합니다.]

메이드들이 나를 향해 모여든다. 저항할 틈도 없이 그녀
들이 내 팔을 붙잡아 끌고 간다. 나는 그 팔을 붙잡아 그들
을 그대로 넘어뜨린다.

콰앙!

나도 예전의 내가 아니다. 비록 마왕을 처치하는 건 무리
라고 해도, 적어도 이런 수하들에게는 지지 않을 자신이 있
다.

[강한 무력이시군요, 미스 알테리온. 보통 인간 여성의
평균값을 고려했을 때 월등히 높은 전투력 수치를 보입니
다.]

"순순히 따라갈 생각은 없거든요, 인형 씨. 뭐라고 부르
지? 빅마마?"

[저는 당신을 감금하란 명령을 받은 바가 없습니다. 그저
에너지를 보충할 곳에서 충분한 영양분을 공급할 예정입니
다.]

"그러니까 잘 쉬게 하고 잘 먹이겠다?"

[네. 마스터들께서 인간의 식습관과 생존 양식에 대한 정
보를 보충해 주셨습니다. 저는 미스 알테리온을 도울 수 있
습니다.]

이제 와서 인간 생태에 대한 자료를 건넸다? 그럼 그 전
의 '엄마'들은 어떻게 산 거야?

소름이 돋는다. 그녀가 말했다.

[제가 받은 첫 번째 명령은 당신을 보호하라는 겁니다. 여기서 보호란 당신의 생체 신호를 정상으로 유지하는 것도 포함이 됩니다. 그러니 부디 휴식을.]

거대한 인형이 내게 머리를 조아린다. 인간이 아니면서 인간처럼 구는 그녀를 보니 소름이 돋았다. 수없이 많은 메이드들이 나를 에워싼다. 적의 없는, 그러나 감정도 없는 움직임에 그만 맥이 풀리고 말았다.

'나는 대체 어떻게 되는 거지?'

2.

결국 그 방에 돌아왔다. 안녕, 해골 아가씨. 안녕, 족쇄. 그리고 내가 박살 낸 침대까지 모두 반가워.

내가 들어오자마자 메이드들이 오가면서 방을 복구했고, 얼마 지나지 않아 방은 내가 떨어졌을 때의 원래 그 모습으로 돌아왔다. 그러나 그 해골만은 여전히 그 자리에 두고 있는 걸 보면 아마도 마스터, 즉 그 매드 사이언티스트 트윈즈들이 따로 명령하지 않는 한은 그 자리에 오래오래 있을 것 같다. 두개골은 내가 이 세계에 떨어지자마자 밟아서 박살 낸 터라 이 사람이 인간인지 마족인지도 알 수가 없다.

나는 머리 없는 그 해골 아가씨를 향해 치마를 들어 인사하고는 그대로 침대에 누웠다.

"아가씨."

"하아, 저도 미쳐 버릴 거 같네요. 이곳에서는 하루도 버티기 힘들어요."

이윽고 인형들은 음식 트레이를 밀고 들어왔다.

[미스 알테리온, 영양을.]

"이 와중에 밥이 목구멍으로 넘어갑니까?"

그녀는 지치지도 않고 아까와 같은 어조로 똑같이 말했다.

[미스 알테리온, 영양을.]

내가 먹을 때까지 같은 말만 반복할 모양이다. 청안은 뚜껑을 열어 음식 접시를 내게 날랐다. 크림 스튜와 스테이크.

대체 생명체라고는 보이지 않는 이곳에서 어떻게 이런 음식을 만들었는지 궁금하지만, 몹시도 궁금하지만, 물어봤다가는 엄청 후회할 거 같은 예감이 밀려온다.

'묻지 말자.'

이미 오늘 겪은 일만으로도 충분히 버거운 짐이다. 결국

마지못해 스푼을 들었다. 맛은 그럭저럭 있었다. 그냥 평범
하게 레시피대로 조리하면 나올 것 같은 그런 맛.

그렇게 스튜와 스테이크를 해치우고 나니 인형은 다시
트레이를 끌고 사라졌다.

"하아."

청안은 동물의 모습으로 돌아왔다. 생각해 보면 나보다
지친 건 청안 본인이었으리라.

잠을 자지 않으려는 청안을 억지로 재우고는 나는 멍하
니 천장을 바라보았다. 빅마마가 했던 나머지 이야기들이
머릿속을 떠나지 않았다.

[이 오류는 후에 큰 문제를 일으켰습니다.]

　　루비너스와 사파이너스는 죽은 어미의 다리 사이
　　에서 태어났다. 아무리 마족이 인간보다 생명력이
　　강하다곤 해도 모체가 죽으면 태아도 죽기 마련이
　　다. 그러나 둘은 살아남았다. 그 둘이 본 첫 광경은
　　피가 고여 있는 척박한 광야였고, 둘의 머리 위에는
　　썩은 어미의 시체가 있었다. 루비너스의 기억 속에
　　서는 새 한 마리가 엄마의 눈을 파먹고 있었다고 한
　　다.

"엄마가 고장 났어. 이런 불량품이 우리를 낳은 거야?"

사파이너스가 말한 첫 번째 단어였다. 그는 태엽과 인형을 다루게 되었다. 이윽고 루비너스가 답했다.

"불량품은 엄마가 아니야. 이 세계지."

루비너스는 율법과 물리법칙을 다루게 되었다.

사파이너스는 태아였을 적 어미가 했던 말을 떠올린다.

"엄마는 나보고 기다리라고 했어. 좋은 엄마가 되겠다고 했어. 언제까지 기다려야 할까?"

먼 광야 위, 뒤틀린 아기가 또 다른 뒤틀린 혈육을 향해 답했다.

"엄마를 망가뜨린 것들을 전부 부수고 나면 될 거야."

아기를 받을 대지는 메말랐고, 하늘에는 어미의 시체가 매달려 있었다. 천재가 되었을, 어쩌면 제2마계의 축복이 되었을 아이들은 제 어미의 썩은 물을 세례처럼 받으며 악의를 삼키고 증오를 먹었다. 그러고는 광기가 되어 피어났다.

빅마마의 기억은 거기까지였다.

태어날 때부터 강대한 힘과 지식을 지닌 아이들은 마계를 멸망시키고 새로 쌓았다.

마족의 생태에 대해서는 그리 알려진 바 없다.

일단 제일 유명한 건 마족들에게는 인간처럼 노력으로 모든 것을 극복한다는 말은 통하지 않는다는 것. 태어날 때부터 주어지는 능력이 평생을 좌우한다고 했다.

상급 마족으로 태어나면 평생 상급 마족으로 살고, 하급 마족으로 태어나면 평생 하급 마족으로 산다고 한다. 그렇다면 마왕감은?

'빅마마는 오류라고 했지. 그러나 단순히 오류였을까?'

아마 확실하게 하고자 한다면 배를 가르는 게 옳았을 것이다. 어쩌면 전대 마왕의 마지막 흔들림이었을지도 모른다. 그게 바로 오점을 만들었던 걸 거고, 더 큰 악의가 되어 돌아왔다.

'마족에 대해서 모르는 부분이 너무 많아.'

13개나 되는 마계에는 각기 다른 마족들이 산다. 그리고 그들은 인간과 교류를 하지 않는다. 그저 계약이란 이름의 거래를 할 뿐이지.

'마왕대전이 있다고 했지.'

이 녀석들도 마왕대전을 위해 내게 무기를 만들게 하려

는 걸까. 애초에 인형밖에 없는 이 마계에 햇빛이 무슨 상관일까. 정말로 '엄마'를 위해서?

그렇게 망가진 엄마를 대체하기 위해 다시 새로운 엄마를 들이고, 다시 망가지고…….

이곳은 정상인도 미칠 만한 곳이었다. 외롭지 않으냐는 말에 빅마마는 답했다.

'질문의 뜻을 이해할 수 없습니다.' 라고…….

그렇다면 빅마마를 만든 이 두 마왕도 외로움을 모르는 걸까.

그 생각을 끝으로 잠이 들었다.

3.

"수면인 거지?"

"응. 인간은 약해서 하루의 30%를 수면으로 보내."

"내버려 둬야 하나?"

"지난번처럼 스트레스 받아서 일찍 죽으면 어떻게 해."

잠에서 깨니 나를 어항 속 금붕어로 여기는 두 어린이들이 내 뺨을 만지작거리고 있다. 이대로 자는 척을 할까 싶어 눈을 감고 있는데 다시 말했다.

"엄마 일어났다."

"일어났어? 여전히 눈을 감고 있는데."

"맥박과 호흡이 올라갔어. 체온도 서서히 돌아오고 있는 걸 봐서는 인간의 각성 패턴과 똑같은데?"

"아직 망가진 거 아니지?"

"응, 망가진 거 아니야."

너희들 때문에 내가 정신이 망가질 것 같구나, 미친 아이들아.

"무슨 일입니까."

나는 눈을 떴다. 두 아이가 동시에 말했다.

"무기 만들어 줘!"

"동화책 읽어 줘!"

동시에 재잘거리던 둘의 머리카락 색이 바뀌었다. 한쪽은 완연한 붉은색이, 다른 한쪽은 푸른색으로 바뀌었다.

붉은색의 아이가 말했다.

"우리 고민했어! 마마가 알아보기 쉽게 했어!"

"그래서 눈이랑 머리색을 바꿨어! 마마, 좋아?"

푸른 머리 아이가 말했다.

"나는 사파나 사파이어라고 불러. 붉은 머리는 루비. 줄이니까 보석 이름 같지?"

그래, 구분하긴 쉽구나. 그런데 대체 왜 이런 행동을 하는 거야? 나는 너희 포로잖아.

혼란스러워하는 나를 신경도 쓰지 않는 건지 둘은 수줍게 웃었다. 내가 그동안 봐 왔던 고위급 마족과 같이 이 아이들도 절색은 절색이다.

어리고 앳된 두 뺨에는 발그레한 분홍 꽃이 피었고, 입술은 생기 있기 그지없었다. 동화에 나오는 쌍둥이 왕자님들도 이들보다는 아름답지 않으리라. 머리에 뿔만 달려 있지 않았다면 이들이 마족인지도 몰랐을 거다.

아이 특유의 귀여움과 왠지 모를 수상한 불길함이 두 아이를 떠돌았다.

"사파이너스……."

아이가 내 말을 막았다.

"쉽게 사파이어라고 불러."

"그래요. 사파이어, 무슨 속셈이십니까?"

"머리색이 마음에 안 들어? 초록? 노랑? 은색? 금색? 어느 색을 좋아해?"

그 질문에 내가 대답해야 할 이유를 모르겠다. 영역을 지키는 고양이처럼 바짝 눈썹을 곤두세우고 경계해 보지만 어린아이의 천진한 미소가 자꾸만 파고들어 오려고 했다.

"무슨 생각이십니까?"

맏형 루비가 내 손을 붙잡는다.

"우리는 그냥 엄마가 동화책을 읽어 주고 우리 무기를 만들어 주길 원해."

"그럴 거면 애초에 제 청안을 괴롭히면 안 되잖습니까."

"괴롭혀? 무슨 소리야? 우리는 그냥 잡아다 발톱 하나 뜯은 것뿐인데?"

마치 어린아이에게 왜 잠자리 날개를 뜯고, 다리를 하나씩 뽑으면 안 되는지 가르쳐주는 과정과 같았다.

"아프잖습니까."

"아파? 아픈 게 뭐야?"

내가 너희를 매우 아프게 해 주고 싶구나. 그러면 이 설명도 몹시 쉬우련만.

두 아이는 다리를 끌어안고 내 앞에 웅크렸다.

"다른 사람을 해치면 안 된다는 건 아무도 안 가르쳐줘요?"

"우리를 누가 가르쳐줘?"

"그, '엄마'란 사람들 엄청 납치했잖아요."

"납치 아니야. 제물이야. 그리고 보통 엄마는 우리 앞에서 계속 노래를 불러."

맏형인 루비가 동생의 말에 덧붙였다.

"응. 매우 높은 소리로 계속 노래해. 망가질 때까지."

광신도들이 제물로 젊은 여자를 바치면 그 여자는 악마

들에게 끌려오고, 무서워서 죽을 때까지 비명을 질렀다는 뜻이군. 제물로 바쳐지기까지 광신도들의 이상한 의식을 거친 상태일 테니 이미 손가락 한둘 정도는 없었을 거고, 격하게 저항하다 두개골에 금도 좀 갔을 거고, 팔다리 한둘도 이상한 방향으로 뒤틀려 있었을 거고, 피와 약에 취해 있기도 할 거다. 보통 광신도 의식에서 쓰는 가장 기본적인 마약이 헤르쉬니까.

아무리 약으로 진정한다고 해도 양옆 기둥에 매달린 남자들은 심장이 뽑히든, 머리가 뽑히든 먼저 버라이어티한 쇼를 하고 있었을 거고, 그 사람은 연인이든 남편이든 자식이든 높은 확률로 친밀한 관계의 사람이었을 것이다.

정신적, 육체적으로 복구 불가능한 손상을 입은 상태에서 그 일의 장본인인 미친 마왕 둘을 만날 셈이네.

그래, 논리적인 전개야. 아주 대중적인 전개고.

"제물 바치는 의식 좀 평화적, 윤리적으로 개선할 방법이 없습니까?"

그 말에 쌍둥이 맏형 루비가 말했다.

"안 돼. 마계와 연결이 되려면 인간의 감정적 마이너스 파장이 극도로 충만해야 해. 그 안에는 극한의 분노, 공포, 절망과 함께 죽음도 동반되어야 하고."

동생 사파이어가 덧붙여 말했다.

"그나마도 이제는 엄마를 안 줘. 왜지? 너무 고마워서 모두모두 행복해지라고 축복 걸었는데."

마왕님의 축복이라니, 적어도 손에 닿는 모든 것을 황금으로 만든다거나 하는 수준의 축복(?) 정도는 가볍게 뛰어넘을 것 같다.

'그거 결말이 어떻게 되었더라.'

나중에 부인도 자식도 전부 순금으로 만들고 먹을 것도 다 금으로 만드는 바람에 사는 게 지옥 같았다는 대목까진 본 거 같은데.

나는 입을 다물고 그들의 눈치를 가만가만 살펴보았다.

빅마마와 대화했던 게 도움이 되었다. 그들의 탄생 과정에 대해 미리 알고 보니 그래도 이해되는 부분도 있었다.

'생각보다 맛이 간 건 아닐지도.'

처음 봤을 때는 중증의 정신 분열증 환자로 보였으나 지금은 그래도 살인마 어린아이 정도로 보인다.

둘 다 끔찍하기 그지없지만 전자는 말이 안 통하는데 후자는 그래도 말이 통할 여지라도 있지 않나.

'엘의 말이 맞았어. 적당히 맞춰 준다면 무기를 만들 때까지는 죽이진 않겠네.'

그 엄마 역할이라는 게 좀 걱정이 되지만. 나는 작게 안도의 한숨을 내쉬었다. 인생 참 기구하다. 청안을 괴롭게 하고 나를 이 세계로 끌어내린 내 능력이, 이제는 나를 살려주는 고마운 능력이 되었다.

아이들은 내 양팔을 하나씩 붙잡았다. 청안은 털을 곤두세우면서도 두 마왕을 자극하지 않으려 노력했다.

"동화책? 무기? 무엇부터 하죠?"

"둘 다 못 해?"

"우린 둘 다 하는데."

그거야 당신들은 두 명이니까 가능한 거고, 저는 혼자거든요? 이 쌍둥이 살인 마왕아.

'뭐 이미 마왕 타이틀을 단 시점에서 악인이라는 건 명백한 사실이지만.'

그때 지진이 밀려온다. 하늘과 땅에 금이 가기 시작했다. 커튼이 부풀어 오르더니 창문이 폭발한다.

붉은빛의 땅과 하늘 위로 마치 유리라도 된 듯이 차원에 균열이 생긴다. 두 마왕이 내 손을 놓고는 서로의 손을 붙잡는다. 거울처럼 둘은 서로의 이마를 맞댄다.

"무리야. 함부로 들어올 수 없어. 그치, 루비?"

"응. 우리가 만든 결계는 완벽하니까. 안 그래, 사파이어?"

누군가가 이곳으로 들어오고 있다는 건가?

대체 누구지?

둘의 머리카락이 부풀어 오른다. 완벽하게 대칭을 이루며 둘은 수인을 맺기 시작했다. 불과 얼음, 대지와 하늘, 시간과 공간이 둘의 호흡에 맞춰 움직인다.

그 순간, 하늘에 균열이 생긴다.

"능숙한데? 이건 평범한 자가 아니야."

"이 힘은 한 명이 아니야."

두 아이가 하늘을 향해 손을 뻗는다. 이곳이 아닌 하늘 너머 먼 곳을 바라보고 있다. 소년들의 뿔이 불길한 색으로 빛난다. 그들의 뒤로 마법진이 후광처럼 떠오르기 시작했다. 이 세계에는 없는 언어가 태초의 약속에 따라 맥동한다.

"둘이야. 루비."

"아니, 이걸로 셋. 사파이어."

차원의 균열이 커졌다 작아지길 반복한다. 이윽고 두 꼬맹이가 서로를 바라보며 웃었다.

"루비, 방금 내가 한 생각 읽었어?"

"사파이어, 나도 같은 생각이야."

둘은 동시에 말했다.

"그러면 조금 장난쳐 볼까."

그 순간 차원이 열린다. 하늘과 땅에서 동시에 사람의 형상이 내려온다. 그 순간, 쌍둥이들의 주변으로 기압이 터질 것처럼 폭발한다.

파앙!

차원이 닫힌다. 균열이 사라진다. 세계가 침묵한다.

"역시 차원을 열었다 닫았다 하면서 몸을 반으로 잘라 버리는 건 어려우려나, 루비?"

"처음 시도해 본 것 치고는 괜찮았어, 사파이어."

땅에서 올라온 사람의 인영이 깃털이 되어 흩어진다. 그러고는 이쪽을 향해 날아온다. 그와 동시에 하늘에서 추락하던 사람이 이쪽을 향해 은빛 살의를 날린다. 바람을 가르며 철이 노래 부른다. 익숙하다. 나는 이 소리를 알고 있다.

카앙!

땅에서 올라온 사람이 그의 검을 막아낸다. 그의 마법이 깨지는 순간, 나는 그제야 그를 알아본다.

"리버!"

하늘에서 온 사람은 단 두 번의 도약으로 이쪽으로 날아온다.

"아카넬."

그의 흑발이 붉은 대지를 적신다. 그는 평소에도 굳은 표정이었지만 오늘은 유달리 더 굳어 있었다. 그는 나를 본다. 그의 설원빛 눈동자가 작게 녹는 것을 본다.

"무사하군."

그가 나를 향해 손을 뻗는다. 그때 쌍둥이가 그와 나 사이에 투명한 벽을 만든다. 벽과 그의 손이 부딪친다.

"무슨 짓이지?"

"루비, 별을 삼키는 드래곤이네?"

"그래, 사파이어. 용이 우리 엄마를 뺏어가려 하고 있어."

리버가 팔짱을 낀다.

"그래서는 안 돼, 아카넬. 마계에는 마계의 법이 있다고."

"미개한 마족들이야 늘 똑같지. 결국 힘이 정의 아닌가. 강자가 모든 것을 갖는 것."

리버가 답했다.

"그래서, 마왕을 죽인다고? 그리고 너는 이 마계에서 마왕이 되어 평생 세계 하나를 짊어지며 살겠다고?"

"무슨 말을 하고 싶은 거지?"

리버는 마치 어느 뮤지컬의 배우처럼 상체를 우아하게 흔들었다.

"신룡과 마왕이 싸우게 되면 용마대전의 발발이라고. 천하의 블랙 드래곤 아크란이 그 정도로 머리가 없지는 않겠지."

그 순간, 아카넬을 중심으로 그림자가 퍼져 나간다. 아니, 그림자가 아니었다. 그것은 순수한 어둠이었다. 붉은 하늘이 순식간에 암흑으로 번져 가는 것을 보았다. 흡사 종이 위에 떨어진 한 방울의 먹물처럼 세계가 그의 색으로 변한다.

'살기…… 아니야. 이건 순수한 위압감이다. 존재로서 낼 수 있는 위압감.'

과거의 나였다면 이 기세만으로도 기절했으리라. 다행스럽게도 나는 오줌을 지리는 대신 다리에 힘이 풀려 주저앉는 선에서 끝났고, 내 눈앞에 있는 마왕 두 마리와 아크 리치 한 마리는 그를 향해 송곳니를 빛내며 웃고 있었다.

"재미있군. 나는 엘과는 달라. 나는 검정을 다루지. 그렇지만 너희들이 다루는 '어둠'과는 달라. 너희의 어둠은 마(魔)이며, 절망이니까. 왜 내가 별을 삼키는 드래곤이라는 소리를 듣는지, 이 중에 모르는 이가 있나?"

리버가 손을 들었다.

"여기여기, 우리 누나는 모르는 거 같은데?"

날 좀 내버려 두십시오, 이 인외 괴물들아! 그냥 너희들끼리 세계를 걸고 농담 따먹기를 하든 카드놀이를 하든 맘대로 하라고! 너희들이 기운을 뿜는 게 무슨 기분에 따라 배경 좀 바꾸는 날씨 효과 정도로 착각하는 모양인데, 그거 한 번에 보통 사람은 죽어!

루비가 말했다.

"상관없어. 싸우게 되도 지원군은 없으니까. 그치, 사파이어?"

"응. 방금 우리는 세계를 완전하게 봉쇄했어. 말 그대로 완전하게, 철저하게 닫았어. 우리의 허락이 없는 한 세계는 열리지 않아. 너희는 돌아갈 수 없어. 싫다면 제2 마계를 걸고 싸우든가."

그 말에 리버의 한쪽 눈이 빛났다. 그는 마치 까마귀처럼, 연극에서나 나오는 불길함의 화신처럼 깔깔 웃었다.

"진짜? 진짜? 나도 언젠가는 해 보고 싶긴 했어. 마왕이라는 거."

사태가 너무 커진다. 나는 투명한 벽을 주먹으로 힘껏 후려친다.

"잠시만요. 그만해요. 싸우지 말라고요!"

이 넷 중에서 적어도 둘은 죽는다. 그리고 어쩌면 리버가 말하는 용마전쟁인가 뭔가 하는 게 시작될 수도 있다. 그러나 그랬다가는 나라고, 내 가족이라고 멀쩡할 리가 없다.

높으신 나리들께서 무슨 자애가 넘치셔서 '아, 그래. 불쌍한 인간들은 놔두고 저 멀리서 우리끼리 오순도순 배나 가르죠.' 라고 말할 리도 없고.

'어라, 뭔지 모르고 밟았는데 사람이었네?' 이럴 가능성이 백 프로다. 하나는 마왕이고, 다른 하나는 아크 리치고, 또 다른 하나는 블랙 드래곤이지 않나.

천사니 요정이니 하는 비폭력 평화주의 종족들은 하나도 섞이지 않은 순도 99.9999% 흉악범들만 모아 놨다.

"그만 좀 싸워 대라고! 이 높으신 나리들아!"

너희들한테는 그저 자존심 싸움이지만 인간들에게는 지옥 같은 전쟁의 서막이란 말이다!

'내가 약해서, 젠장. 그냥 드래곤 슬레이어라도 만들고 말지, 원.'

지금 인간들에겐 죽창, 죽창이 필요하다. 너 한 방, 나 한 방 사이좋고 공평하게 찌르는 크고 강력한 죽창이. 그게 전설의 죽창(명검) 드래곤 슬레이어!

100년도 못 살고, 감기 걸려도 뒤지는 게 인간이지만 드래곤 슬레이어라면, 지들도 머리에 칼 꽂으면 생각이 좀 달라지겠지!

나는 벽을 붙잡고는 소리 질렀다.

"그만하라고요!"

내 손에 푸른빛이 맺힌다. 최초의 물을 쥐었을 때 나왔던 것과 똑같은 빛이었다. 그 빛이 닿는 순간 내 손은 너무나도 쉽게 벽을 통과한다. 청안도 나와 함께 통과하려 했지만 벽에 막힌다.

'뭐지?'

내 눈앞의 네 남자들도 놀란 눈으로 나를 바라본다. 심지어 머릿속에서 꽃밭으로 고어물을 찍고 있는 두 쌍둥이조차도 놀라서 나를 바라보았다.

"루비, 봤어? 통과했어. 마력 벽을."

"응, 봤어. 사파이어, 저건 지상계의 어떤 마법으로도 뚫을 수 없는 벽인데도."

"부순 게 아니야. 통과한 거야, 루비."

"봤어. 마력을 감응했어. 우리와 똑같은 성질의 마력으로 몸을 바꿨어."

무슨 말을 하는 걸까. 나도 이걸 어떻게 통과했는지 모르겠는데, 어찌 되었건 이건 기회다. 나는 그들 사이에 서서 말했다.

"평화적으로 해결합시다. 여기서 싸워 봐야 무슨 이득이 있냐고요."

리버가 눈을 빛낸다.

"이득, 있지. 누나를 얻을 수 있으니까?"

"사람 하나 얻자고 세계를 토막 치겠다고요? 미쳤어요?"

리버가 말했다.

"누나는 몰라. 누나가 얼마나 가치 있는 존재인지. 방금 저지른 일로 가치는 더욱더 올라갔고."

벽 통과 마술에 관해서는 저도 아는 바가 없습니다만.

나는 아카넬에게 다가갔다. 내가 다가감에 따라 그의 기세가 점점 누그러지는 것을 느낀다.

어째서일까. 그에게 있어서 나는 그저 한낱 유희거리 아니었나.

정혼자. 그의 장난감 상자 속 인형.

모든 용신들에게 있어 인간은 그저 장난감이라고 했다. 모든 인간들은 설화 속, 신화 속에서 그렇게 배우고 자란다.

'그게 진짜일까? 당신도 그런 걸까?'

그의 마음을 알 수 있다면.

내가 다가갈 때마다 줄어드는 이 기세가 어쩌면 나에 대한 마음이라면. 나는 살짝 입술을 깨물었다.

'그는 내가 그를 싫어하는 줄 알고 있어.'

그걸 바꿀 생각은 없다. 아니, 나도 내 마음을 모르겠다. 그를 죽일 것처럼 증오스럽다가도 언젠가는 그의 눈이 나를 향하는 데에 안도하고 마니까.

이 감정을 부를 수 있는 단어가 있다면.

"싸우지 마세요."

그의 손이 내 팔을 붙잡는다. 크고 단단한 손. 하지만 내 팔에 자국을 내지 않는 상냥한 손.

"차원을 봉쇄했더군. 나가기 위해서는 그를 죽여야 해."

"꼭 죽여야만 해요? 그들을 위해 무기를 만들어 줄 수도 있잖아요."

"미친 소리."

"그들을 죽이게 되면 그 과정에서 당신도 죽을 수 있잖아요."

그 순간, 그를 중심으로 그림자가 부풀어 오르는 걸 느낀다. 아아, 알겠다. 리버의 어둠과 아카넬의 어둠은 달라. 리버의 어둠은 밤이지만 아카넬의 어둠은 허무다.

리버의 어둠은 빛을 침식시키만, 아카넬의 어둠은 빛을 삼킨다. 나조차도 삼켜 버리는 그의 어둠 앞에서 그만 비밀을 고백하고 만다.

"나는 당신을 잃고 싶지 않아."

그의 눈이 붉게 흔들린다. 마치 어린아이의 핏방울처럼.

"……무슨 뜻이지?"

진실이란 깜짝 상자와도 같다. 상자 안에 또 다른 상자가 있다. 비밀 속에 또 다른 비밀이 있다. 그리고 다음 상자를 열기에는 자존심이 내게 소리를 질렀다.

"당신이 살아 있어야 저도 무사히 돌아가니까요."

하고 싶은 말은 이게 아니었다. 그에게 하고 싶은 말은 좀 더 다른…….

"약속, 지키기로 했잖습니까."

……결국 비밀 하나를 더는 토하지 못하고 웅크린다. 웅크린 비밀 뒤로 자존심이 깔깔 웃고 있다.

아카넬의 입꼬리가 올라간다. 비웃음.

"그래. 그대는 이 와중에도 약속을 기억하는군. 대장부들의 귀감이야."

아아, 피처럼 맥동하던 그의 눈동자가 다시 차가운 색으로 얼어 간다.

'아니야. 하고 싶은 말은 이게 아니었어. 나는…….'

웅크리던 비밀이 고개를 든다. 그저 한 단어만 내뱉으면 된다. 뒷일을 생각하지 않고, 그가 나를 어떻게 보든 그저 한 마디의 단어만 내뱉어도 좋았다.

"그런 뜻이 아닙니다."

"그럼 무슨 뜻이지?"

말하면 돼. 당신에게 좀 더…….

"저는 당신을……."

콰아앙!

굉음이 울렸다. 그 여파에 내 몸이 흔들린다. 다행히 쓰러지진 않았다. 그가 나를 감싸 안아 주었으니까. 폭파 뒤로 리버가 서 있었다.

입은 웃고 있었지만 눈은 명백하게 화가 나 있었다. 그가 말했다.

"누나의 의견이 그렇다면 그렇게 해. 러브 앤 피스 좋지."

"리버."

"만들자고, 무기. 키르카에게는 좀 미안한데 어차피 그 놈도 호락호락하게 질 놈도 아니고."

리버가 나를 향해 성큼성큼 다가온다. 그의 부츠가 바닥을 두드리며 섬뜩한 박자를 만들었다. 리버는 나를 빼앗듯이 잡아당긴다. 그러나 아카넬도 나를 놓지 않는다.

내 양팔은 두 악당들에게 자유를 빼앗긴 채 못 박힌 듯 움직이지 못하고 있다.

"어때, 두 마왕님. 우리 누나, 무기 먹고 보내줄 거야?"

루비와 사파이어는 서로의 얼굴을 바라보았다. 이윽고 둘은 약속이라도 한 듯 동시에 중지를 쳐들었다.

"메~롱!"

"메~롱!"

"……"

그 순간 약속이라도 한 듯 리버와 아카넬이 둘을 향해 마력을 쏘았다.

콰아아아아아앙!

4.

그 후부터는 아수라장이었다. 네 명이서 싸우고, 성은 박살 나고, 청안은 본체로 변신해서 나를 등에 태우려 했지만 이러다가 끝장이겠다 싶어서 청안의 만류에도 뛰어내려 네 사람 사이를 가로막았는데, 결과적으로는 두개골을 제외한 모든 뼈와 근육, 장기 기관이 박살 났다. 내 나름의 방어도 했고, 동시에 네 사람이 힘을 거두기도 했고, 나도 이제 인간을 초월했다고 생각했는데 결론이 이거다.

죽지 못해 살았다.

사는 게 참 뭣 같다.

'소첩 때문에 싸우지 마시어요!' 라며 전력으로 말 타고 질주하는 기사님들을 막아서는 공주님 이야기는 동화에서나 나오는 거고요, 현실에서 그랬다가는 달리는 말에 밟혀서 최소 반신불수다. 그것도 운이 좋은 경우고 보통은 코르셋과 함께 갈빗대와 허파가 박살 난다. 12겹 실크 레이스가 강철보다 단단해서 달리는 말을 상대로 버틴다냐.

자살법으로는 추천하지 않는다. 매우매우 고통스럽게 죽어 가니까.

그 꼴을 나는 지금 몸으로 겪고 있다.

몸을 던져 용마대전을 막고 나니 결국 병상행이다. 피고름을 뱉고 피오줌을 싸며 결코 아름답다고는 할 수 없는 욕설과 신음 소리나 뱉고 있다.

"X발."

"아가씨……."

나도 안다. 내가 막 나간다고 해도 그래도 나름대로 귀족가에서 제대로 교육받은 여식이고, 이런 상스러운 말은 좀처럼 뱉는 법이 없다. 오죽하면 내 목을 따러 달려오는 그 미친 쌍둥이 마왕님을 상대로도 존댓말을 끝까지 써 줬을까.

내 몸이 그렇게 박살 나는 순간, 리버도 같이 고꾸라졌다. 나와 리버는 고통을 공유하는 사이 아니던가. 그래, 내가 실신할 정도로 아팠는데 지가 어떻게 버티겠어.

"치료 마법이 잘 안 듣네, 루비."

"몸의 구성이 달라서 그래, 사파이어."

나는 잡종이다. 인간도, 마족도, 그렇다고 정령이나 엘프도 아닌 그 무언가.

섞이고 섞이고 섞이다 보니 강해진 만큼 이런 단점도 있다. 사람에게 쓰는 회복 마법을 써도 절반도 안 듣고, 마족에게 듣는 치료 마법을 써도 안 듣고, 엘프도 마찬가지다.

결국 자연 회복을 가속화시키는 수밖에 없다.

'그래도 이 괴이한 몸 구성 덕분에 목숨을 구했으니 다행이라고 해야 할지.'

네 명의 폭군들을 사이에 두고 밥 한 끼를 못 씹어서 미음으로 연명하고 있다.

기분 X같다.

이런 언어 쓰면 안 되는 건 알지만, 지금의 내 기분을 표현할 단어가 이것 말고 없다.

X같은 하루다. 다 뒤져 버리라지. 세상 따위 멸망해 버리라지.

"아, 왼쪽 어금니 나갔네. 이거 다시 돋아나려나."

정신없어서 어금니 줍지도 못했다. 당연하지. 내 입 밖으로 튀어나간 순간 가루가 됐을 테니까.

"아가씨."

청안은 나를 돌보려고 억지로 몸을 일으킨다.

폭발에 휘말린 건 나뿐만이 아니었다. 청안 역시 그 상황에서 대체 무슨 생각이었는지 몸을 날렸다. 나를 감싸려고 했지만 시간이 많지는 않았다. 그래도 충격에는 휩쓸릴 만한 거리라서 몸이 그대로 날아갔다. 아무리 고위급 환수라고는 해도 이 공격을 받는 건 무리다.

나보다는 덜 다쳤지만 그래도 죽지 않을 만큼 다쳤다는

데에는 변함없다.

"좀 돌아가! 쉬라고."

"저는 회복 마법이 듣잖습니까."

그래. 환수를 위한 회복 마법은 듣는다. 그래서 움직이는 걸 거고. 그렇다고 마법이라는 게 무슨 신의 권능도 아니고, 죽을 만큼 다친 환수를 이튿날 바로 걷고 뛸 수 있게 해주지는 못한다.

청안에게는 휴식이 필요하다. 적어도 일주일은.

나는 최소 한 달은 정양해야 할 거고.

"낫고 나서 간호해."

"아가씨의 고결한 희생 앞에서 어떻게 제가 외면하겠습니까."

"그 말은 이제 좀 그만하고."

"아가씨!"

제발 돌아가 줘라. 결국 인형 메이드들이 억지로 끌고 나가서야 청안은 쉴 수 있었다.

청안이 나간 후에 리버가 안으로 들어왔다.

"족제비 자식, 지 몸이나 챙기지."

"그러게 말입니다."

"누나는 내 걱정 안 해? 그때 누나의 고통을 완전하게 이해할 수 있는 사람은 나밖에 없었어."

"아프기만 하지 진짜로 다친 건 아니잖습니까."

"까탈스럽기는."

리버는 어린아이처럼 웃었다. 그는 하얀 도기 찻잔에 홍자를 따른다.

"누나의 그런 부분이 좋아."

"간호하러 오셨습니까?"

"응. 아카넬과 가위바위보 했어."

"가위바위보요?"

"누나가 아픈데 진짜로 싸울 수는 없잖아. 내가 먼저 올거고, 그 다음 아카넬이 올 거고, 쌍둥이 두 꼬마는 우리 둘다 간 후에 간호할 거야."

가슴이 답답하다. 실제로 갈비뼈가 세 개나 박살 났기 때문인지도 모른다. 아니면 기침하다 허파 조각을 몇 번 뱉었기 때문인지도 모르고.

"눈물 나게 감사하네요."

"감사해야 할 건 인류겠지."

"……"

"왜 그런 거야? 무섭지 않았어? 죽을 거라고 생각하지 않은 거야? 어차피 용마대전이 터진다고 해도 인류는 멸망하지 않아. 늘 그렇듯 많이 죽고 괴로워는 하지만, 억척같이 생을 이어 나가고 전쟁이 끝난 후에는 늘 그렇듯 다시 번식해."

"많이 죽잖아요."

"그래도 인류가 멸망하지는 않지."

"한 사람의 인생이 멸망하겠죠. 한 사람, 한사람의 인생이, 그 모든 사람들의 인생들이."

"그래서 뛰어든 거야?"

그가 내 얼굴 가까이 자신의 얼굴을 들이댄다. 너무 가깝다. 고개를 조금만 틀면 입술이 닿을 정도로. 결국 그의 눈을 피해 시선을 돌린다.

"그런 거 계산할 정신이 있었겠습니까?"

"그러면?"

"정신을 차리니 몸이 움직였어요. 그리고 당신 같은 존재들이 늘 착각하는 게 있습니다."

"뭔데?"

폐가 아프다. 혀도, 목구멍도 아프다. 고통의 면도날을 입에 물고 나는 말한다. 숨을 몰아쉰다.

"생명은 숫자가 아닙니다. 그리고 소중한 사람도 숫자가 아니죠. 그건 숫자로 셀 수 있는 게 아니에요."

"그러면?"

죽창, 죽창이 필요하다. 초월적인 존재를 상대로도 찌를 수 있는 죽창.

너도 한 방. 나도 한 방.

"그저 한 명의 보잘것없는 인류라고 해도 누군가에게는 전부예요. 0이거나 1이거나. 그것뿐이죠."

"누나는 누군가를 죽이는 도구를 만들잖아. 그런 주제에 설교?"

"네. 누군가의 목숨을 끊기 위한 걸 만들죠."

아이러니하게도 나는 살인을 위한 도구를 만든다. 내 생애의 대부분은 그 일로 이루어져 있다.

"누나의 도구는 누군가의 목숨을 0으로 만들어."

"맞아요. 인간은 인간을 죽이고, 저 역시 그 행위에 일조하고 있죠. 하지만 적어도 한 가지는 자부할 수 있습니다."

"뭐지?"

"그 도구를 사용하려면 자신의 목숨 역시 0이 될 각오를 해야 한다는 것."

살인과 도살은 전혀 다르다.

인간이 인간에게 자행하는 것이 살인이라 한다면 인간이 동물에게 하는 것을 도살이라 할 수 있겠다.

"도살은 싫은 거야?"

"적어도 개미처럼 밟혀 죽고 싶지는 않네요. 기억도 하지 않을 거잖습니까? 마을을 불태우든 나라를 불태우든. 자신이 오늘 무슨 생명을 앗아갔는지, 그들의 목숨을 등에

진다는 감각조차 없이."

리버는 말없이 그저 웃기만 했다. 그렇게 한참을 웃다가 결국 꺼낸다는 말이.

"누나는 정말 재미있는 여자야."

이것뿐이었다.

리버는 그런 내 눈을 한참이나 바라보았다. 이윽고 힘겹게, 목 안에서 무언가를 게워냈다. 그것은 고작 한 문장이었다.

"생을 나눈 사람이 나 외의 다른 이를 좋아한다는 게 얼마나 괴로운 일인 줄 알아?"

"무슨 뜻입니까?"

"누나는 나만 좋아해 줬으면 좋겠어. 나에겐 누나뿐이니까."

"저는……."

그는 손을 뻗어 내 입술을 막는다. 터진 입술 위를 손으로 문지르니 쓰리기 그지없다. 그러나 이 고통은 그도 알고 있다. 그의 한쪽 눈썹이 살짝 찌푸려졌으니까.

"내가 그 상자 안에서 얼마나 기다렸을 거 같아? 그곳이라고 다른 곳보다 시간이 빨리 지나가진 않아. 공평해. 아주 잔인할 정도로 똑같아. 아니, 기분상으로는 좀 더 느리게 가고 있다고 해도 과언은 아니지."

이윽고 그는 내 몸의 아프지 않은 부분만을 쓸어내린다. 통각을 공유하는 사이가 아니면 결코 할 수 없는 손길. 이 세상에서 그 외에는 누구도 할 수 없었다.

"알을 깬 오리 새끼가 처음 본 상대를 어미로 인식한다고 하지. 나도 마찬가지야. 극악한 아크 리치가 한 마리의 오리 새끼가 되기에 충분한 시간이었어."

"……."

"누나가 날 좋아해 줬으면 좋겠어. 내가 누나를 좋아하는 만큼, 누나가 날 좋아해 줬으면 좋겠어."

"전 리버 당신이 싫지 않습니다."

"좋아해?"

"처음에는 싫었지만요."

"누나가 좋아한다는 말과 내가 좋아한다는 말은 조금 달라. 누나는 나 '만' 좋아해?"

그를 남자로서 좋아하느냐는 말에는 답할 수가 없었다. 왜 그러는 걸까. 그는 극악한 아크 리치다. 지금 달려가서 마을 하나를 날려먹거나 아니면 이 왕국 최고의 미녀를 제물로 바치지 않으면 왕국을 다 날려 버리겠다고 협박을 해도 먹히는 인간이다.

동화 속에서나 나오는 그런 악당 짓을 진짜로 할 수 있고, 해도 뒤탈이 없다. 우리 아버지 같은 용사가 나타나서 싸울 게 아닌 한은.

'거기다 우리 아버지는 행방불명이기도 하고.'

아카넬을 보아하니 정의의 용사를 자처하는 성격의 드래곤도 아니고.

악당으로서 활약하기에는 참 좋은 시기에 돌아왔다고 할 수 있다.

"저는 리버 당신을 이성으로서 좋아하진 않아요."

성격, 이놈의 대쪽 같은 성격.

상대가 누군지 안다면 기분을 좀 맞춰 줘도 좋았으리라. 하지만 늘 그랬다. 무언가를 망설이기도 전에 입이 먼저 나가니까.

"그러면 아카넬은? 그는 남자로서 좋아해?"

그의 질문에 목이 막힌다. 나는 '그때' 아카넬에게 무슨 고백을 하고 싶었던 걸까. 와 줘서 고맙다고, 반갑다고? 아니다. 그 이상의 말을 하려고 했다.

리버가 슬프게 웃었다.

"이번에는 아니라고 말하지 않네."

"……아닙니다."

"거짓말."

"아니에요. 저는 그를 남성으로 보지 않습니다."

나도 내 마음 같은 건 하나도 모르겠다. 그래도 적어도 아니어야 했다. 그를 보면 짜증 나고 피곤하고, 그러면서도 얼굴이 붉어지고 목이 막히고 가슴이 메는 이 감정이 그런 건 아니어야 했다.

리버가 내 입술에서 손을 뗀다.

"나는 누나를 죽이고 깨어날 수도 있었어. 내 목숨을 온전히 가질 수도 있었지. 하지만 그러진 않았어. 단순한 변덕이었어도 좋아. 그러나 적어도 영원 같은 시간 속에서 날 풀어준 이 예쁜 아가씨를 내 손으로 죽이고 싶진 않았어."

"사신은 장님이고……."

"……그래. 숫자 계산에 서투니까."

그가 말했다.

"그러니 누나, 누나는 적어도 내 부탁을 들어줘야 할 의무가 있어."

그가 엄지손가락으로 내 아랫입술을 누른다. 인두로 지진 것처럼 뜨겁다. 아프다. 뜨겁다. 내가 아프다는 건 리버 역시 마찬가지. 살짝 이마를 찌푸리더니 리버가 말했다.

"금제 마법을 걸었어. 누나는 이제 아카넬에게 사랑한다는 말을 못 해."

"저는 그를 그런 식으로 생각하지 않는다고요."

"그래. 나도 그렇게 생각하지만, 만에 하나라는 게 있잖아? 아니면 뭔가 이 마법을 풀어야만 할 이유라도 있어?"

그 말에 목이 막힌다. 대답을 할 수가 없었다. 이 마법이 불쾌하다. 하지만 풀어야만 하는 이유는…… 뭘까.

그 순간, 감정의 호수에서 기포 하나가 올라온다. 그 기포를 느끼는 순간, 눈을 감았다. 고개를 돌렸다. 있는 힘껏 외면했다.

"없습니다. 그런 거."

다행이다. 리버가 내 생각을 읽지 못해서.

만약 옛날처럼 그가 내 감정을 읽었다면 아마 나는 제정신에 살지 못했을 거다.

"신룡이 인간 세계에서 유희를 하며 가끔씩 결혼을 하고, 아이를 낳곤 해. 그 아이는 자라서 어딘가의 영웅이 되고, 늘 아버지를 찾아다니지. 자신이 어렸을 때 어떤 이유로 어머니를 떠난 그 아버지는 어디에 있을까…… 고민하면서."

리버는 낮고 작게 속삭인다.

"누나도 알고 있잖아. 아카넬에게 있어 누나는 그냥 장난감일 뿐이야. 그는 이미 영생을 살며 수없이 많은 인간을 만나고 수많은 여성들과 가정을 차렸어. 그들에게 있어 인간은 그저 유희야. 하룻밤의 꿈이지."

"무슨 말이 하고 싶으신 겁니까?"

"내가 사랑하는 누나가 그런 장난에 말려들지 말았으면

좋겠어."

"……."

그는 거기까지 말하고는 내 입술에 키스했다. 소년인 리버였다. 그러나 그 소년의 모습에 농락당할 정도로 내 마음은 술렁이고 있었다.

쪽.

짧은 베이비 키스.

소년이 천사처럼 웃었다.

"그러니 누나, 부디 누나에게 특별한 사람은 나였으면 좋겠어. 이 마음은 진심이야."

5.

그 이후에 우리는 아무런 이야기도 하지 않았다. 아니, 이야기는 했다. 그러나 그는 그의 이야기를 했고, 나는 내 이야기를 했다. 진정한 의미의 대화는 이루어지지 않았다.

차를 주고, 마시고. 중요한 것은 아무것도 말하지 않은 채로 리버는 자리에서 일어나기 전에 말했다.

"나, 그때 정말 두려웠어."

"네?"

"누나가 그를 보았을 때 미처 하지 못한 말이 두려웠어. 뒤에 무슨 말이 이어질까, 그래서 견딜 수가 없었어. 하지만 지금은 응, 그건 그냥 기우였던 거야. 내 이상한 걱정."

"자꾸 누나라고 부르는데, 리버 님이 훨씬 저보다 나이 많지 않으십니까?"

그 말에 리버가 웃음을 터뜨렸다.

"내 생물학적 나이가 궁금해?"

"뭐, 대충 역사서 보면 짐작은 가지만요."

"그건 영적 나이겠지. 누나가 그때 날 봤잖아. 라이프 베슬 속에 갇혀 있던 나를. 그 후에 육체를 재조립한 거야. 엄연히 말해 내 신체 나이는 한 살도 안 됐어."

"윽, 그런 식으로 따지면……"

"좋잖아. 젊고 탱글탱글한 연하남."

그는 머리를 쓱 넘기고는 귀엽게 애교를 부린다. 객관적으로 봤을 때 그가 애교를 부려서 넘어오지 않을 여자는 없다. 만약 그가 어디 호스트 클럽 같은 데 가서 전단지를 뿌리며 '나와 함께 금단의 사랑을 할 누님들?' 이라고 말한다면 아마 동급생, 누님, 유부녀, 노부인 등 그 도시 모든 정신분석학적 여성들이 100미터 밖까지 줄 서 있을 거다. 그 정도의 미모다.

단순히 귀여운 것뿐만 아니라 기묘한 색기까지 있었다.

그에게는 분명 위험한 매력이 있었다. 사람을 밑바닥으로 끌어내리는 달콤한 독 같은 매력이.

그런 소년이 내게 고백한다.

"그러니까 누나가 날 책임져. 누나가 날 꺼냈고, 내 생명의 반을 누나가 가졌으니 누나는 날 책임져야 할 의무가 있어. 매우 공평하고 논리적이라고?"

"저는 거절……."

그는 검지를 들어 다시 내 입술을 막는다.

"……쉿, 재미없는 이야기는 나중에 들을게. 누나는 내 평생을 함께해 줘야겠어."

분명 마계에는 이상한 수맥이 흐르는 게 틀림없다. 마이페이스의 수맥. 지 꼴리는 대로 사는 수맥이.

'하긴 일일이 남 처지 생각하면 걔들이 악당이겠어. 천사지.'

나는 작게 한숨을 내쉰다. 그러고는 그를 향해 방긋 웃었다. 그도 동의의 의미로 느낀 건지 함께 웃었다. 그 순간, 나는 있는 힘을 다해 놈의 손가락을 꺾는다.

"끄아아악! 누나! 팔 부러진 거 아니었어?!"

그래, 내가 부러진 팔로 놈의 손가락을 꺾고 있다. 내 부러진 팔에 대한 고통 + 리버 손가락 꺾으면서 생긴 고통을 한 번에!

같이 죽어 보자!

비명을 지르는 리버를 향해 나는 아주 상큼하게 웃었다.

"네가 싫은 건 아니지만 그렇다고 좋은 것도 아니고 그런 강제 고백 받을 생각도 없어. 생물학적인 한 살이라고 했지? 가서 엄마 젖 좀 더 먹고 오렴."

아프다. 더럽게 아프다. 너무 아파서 식은땀까지 줄줄 흐를 지경이다. 하지만 내가 아프다는 건 리버 저놈도 아프다는 것. 촌극도 이런 촌극이 없다.

크어억! 인간 대장장이를 무시하지 마라, 애송이! 네놈이 떠넘기듯 하는 고백에 압도될 만큼 이쪽도 맹물은 아니거든!

내 투혼이 섞인 일격에 리버는 비명을 지르다가 광소를 터뜨렸다.

"와, 우리 누나 골 때리네."

고백을 차는 대가치고는 너무 비쌌다. 죽을 만큼 아프다.

하지만 아크 리치의 청혼을 거절한 대가라고 생각한다면 그래도 저렴하게 먹힌 셈이다.

리버가 내 이마에 자신의 이마를 마주 댄다.

"그런 누나도 좋아. 까칠한 게 귀여워."

대체 무슨 생각인 걸까. 이런 명백한 거절에도 놓아줄 생각이 없어 보인다.

"언제까지 이럴 겁니까."

아크 리치, 죽은 자의 왕이 답했다.

"죽을 때까지. 아니, 죽고 나서도."

Chapter 2
소년이 남자로

1.

리버를 보내고 나니 아카넬이 왔다.

돌아가면서 간호하기로 했다는 말이 헛말이 아닌 모양이다. 아카넬은 애초부터 나랑 긴말할 생각은 없는지 두꺼운 책을 들고 들어왔다.

"비명 소리가 들리는 걸로 보아 어디 돼지 하나 잡는 줄 알았는데, 멀쩡하군."

"돼지 잡긴 했죠. 한 살 먹은 돼지."

그는 살짝 고개를 갸우뚱했다. 조각 같은 얼굴에 의문이 나타났다 사라지는 게 보인다. 그가 갑자기 내 얼굴을 향해 손을 내민다. 손가락이 가까워지는 걸 느끼자 어쩐지 가슴이 두근거린다. 얼굴이 가까워진다.

'이, 이거 대체 뭐하는……?'

그의 숨결이 느껴진다 싶었는데, 그의 손가락이 내 입술을 스쳤다.

"이젠 아주 머리카락을 먹고 다니는군."

입술 위에 붙은 머리카락을 그가 하나하나 떼 준다. 부끄러운 마음에 나도 모르게 목소리가 커진다.

"마, 말로 해도 괜찮잖습니까. 어디 남의 레이디 얼굴을 그렇게 만지고 다니십니까!"

"남의 레이디라니. 내 여자인걸."

심장이 내려앉는다. 그런 말 좀 하지 말았으면 좋겠다. 착각하지 않도록. 그는 그저 유희를 나온 거고, 나는 그의 유희 장난감일 뿐이니까.

'결혼에는 익숙하겠지. 유희를 나오고 그때마다 부인이 생겼을 테니까.'

엘보고 뭐라고 할 게 아니다. 그런데 그게 뭐라고 내가 신경을 쓰고 있지? 나는 어차피 파혼검 만들고 헤어질 사이인데.

"저기요, 아카넬은 용신이잖아요."

"원래 이름은 블랙 드래곤 아크란이지."

"그러면 유희도 많이 나갔겠네요."

"많다는 기준이 어떤지는 모르겠군. 나 정도 나이의 다른 드래곤들을 생각했을 때 결코 많다고 생각할 수는 없으니까."

"그래도 사람의 인생보다는 오랜 시간 아닌가요?"

"그렇겠지."

"그러면 연인도 많았을 거고, 결혼도 많이 했겠군요."

맙소사, 신이시여. 이 주둥이를 후려쳐 주시옵소서.

아카넬은 날 바라본다. 젊은이의 얼굴 위로 노인의 눈동자가 우물 같다. 한밤중, 홀로 내려다보는 우물 속에는 별이 떠 있었다.

달을 반사하고 별을 반사하며, 어둠을 받아들이며 우물은 주름 하나 없이 그 자리에 있었다. 그저 그 자리에 존재하는 것만이 존재의 의의인 양 그 밤 속, 우물은 빛났다. 그리고 그건 아카넬의 눈과 닮아 있었다.

이윽고 아카넬이 답했다.

"내 결혼 생활이 그토록 궁금할 줄은 몰랐군. 알테리온 영애."

2.

아카넬은 카이를 바라본다. 어린 눈이었다. 짧은 생애를 이제 겨우 단편적인 맛만 본 어린 새의 눈동자였다. 죽음을 알기에 누구보다 불타는 삶을 사는 이의 눈동자.

모든 새는 언젠가 추락한다. 내려앉는다는 표현이 맞을 수도 있지만 아카넬은 굳이 그것을 추락이라고 표현한다. 영원히 날 수 있는 새는 없다. 아크 드래곤조차도 영원히 나는 건 불가능하다. 물론 인간이 생각하는 영원에 가까운 기간 동안 비행을 하는 건 가능하다. 그러나 진정한 의미의 '영원'은 불가능하다.

처음 애들처럼 가위바위보를 했을 때는 스스로 실소를 터뜨렸다. 아카넬, 아크란, 별을 삼키고, 별을 부수는 드래곤.

이전까지 없었고, 앞으로도 없을 최강, 최악의 블랙드래곤이 아크 리치와 가위바위보를 하고 있다. 한 소녀를 위해서.

모든 드래곤들은 자신의 속성을 다룬다. 이를테면 블루 드래곤이 물의 속성을, 그린 드래곤이 신록의 속성을 다룬다면 블랙 드래곤도 마찬가지다.

아카넬은 어둠을 다룬다. 그러나 마계의 마왕이나 눈앞의 신이 되다 만 아크 리치와 같은 어둠은 아니다.

그들이 다루는 건 악(惡)이다. 악몽이라고도 부르는 그런 존재.

어린아이가 한밤중에 울음을 터뜨리며 옷장 속에 무언가가 있다고, 침대 밑에 무언가가 있다고 한다면 그 아이는 '어둠'을 느꼈기 때문이리라. 어른이 되며 점점 그 감각을 잃어버리고 말지만, 그렇다고 '어둠'이 없어지는 건 아니다.

마왕도 아크 리치도 그런 존재들이다. 그들의 어둠은 유황불이다. 그들의 어둠은 지옥이다. 죽음이다. 그들은 사람에게 자유의지를 준다. 악이 있음을, 더 편한 길로 보이나 대가는 결코 그렇지 않음을 알려준다. 우리가 알고 있는 것은 아무것도 아니라고. 진정 아무것도 아니라고.

심해를 가로지르는 거대한 뱀처럼, 우리가 보고 있는 것은 그저 빛의 은혜로 보고 있는 것임을.

반면 아카넬의 힘은 어둠 그 자체. 선악을 뛰어넘는 존재 자체의 허무를 다룬다.

빛을 가두고, 생을 가두고, 죽음을 가두며, 시간을 가둔다. 영혼마저 삼킨 그곳에는 존재의 메아리만이 남는다. 과거 아카넬은 별을 삼켰다.

그것은 파편조차 남지 않고 아카넬이 만든 어둠 속으로 빨려 들어갔다.

그 어둠 속에 무엇이 있는지, 진정 그 안에 담겨 있는 게 무엇인지는 아카넬조차 알 수가 없었다.

눈으로 관측할 수 있는 인지의 지평선 너머에 무엇이 펼쳐져 있는지는 알 수 없었다.

아카넬의 어둠이란 0이었다. 존재하는가, 존재하지 않는가만을 가르는 어둠.

밤하늘, 달도 별도 들어차지 않는, 빛도 공기도 중력도 닿지 않는 빈 공간을 '어둠'이라 말할 수 있다면 아카넬이 다루는 어둠은 진정한 의미에서의 어둠이었다.

그 어떤 아크 드래곤도 아카넬의 경지에 닿은 이는 없었다. 그렇기에 그들은 경외를 담아 아카넬을 '별을 부수는 드래곤', '별을 삼키는 드래곤'이라 칭했다.

'높은 어둠'이자 '깊은 어둠'이라 부르기도 했다.

신룡 아크란은 그런 존재였다.

그런 그가 한 소녀를 위해 아크 리치와 가위바위보를 하고, 입술에 붙은 머리카락을 떼 주고 있었다.

'그가 알면 웃겠군.'

카이의 아버지이자 이 일의 원흉.

일전에 아카넬은 그와 내기를 했다. 간단한 내기였지만 그는 자신의 목숨을 걸었고, 아카넬도 그에 준하는 것을 걸어야 했다.

아카넬은 졌다. 처음에는 그저 유희를 하나 가게 됐노라고, 수많은 유희에서 있었던 결혼처럼 이번 역시 그리 흘러가리라고 생각했다.

인간들이 생각하는 유희와 실제 드래곤이 하는 유희의 모습은 조금 다르다.

'우리는 깨닫기 위해 필멸자들과 함께하지.'

언젠가 죽기 때문에 알고 있는 것들, 언젠가 사라질 존재들이기 때문에 할 수 있는 것들이 있다. 영원이 우리를 마모시킬 때 그들은 아카넬 곁에서 재잘거린다.

삶이란 무엇인지. 감정이란 어떤지. 불 속에서 증발하는 물방울처럼 그들은 생을 지우며 나아간다. 아카넬은 그들과 함께하며 그들과 같은 감각을 공유한다.

물론 놀이 상대로 여기는 신룡들도 존재한다.

유희를 하다가 재미가 없다 싶으면 왕국을 날리거나 자기 멋대로 살아가는 용들도 존재한다. 그러나 그건 어린 드래곤들에게나 해당하는 이야기.

유희의 진짜 뜻을 알게 되면 잊게 될 이야기.

인간들은 그런 어린 드래곤들의 유희를 기억한다. 자신들은 그들의 장난감이라고, 자신의 생은 초인적인 불멸자들에 비하면 한없이 가치 없는 것이라고.

조화(彫花)를 보며 한탄하는 생화(生花)처럼 생각한다. 진

실은 다르다. 가짜 꽃은 결코 살아 있는 꽃보다 가치 있을
수는 없었다.

'왕국의 모든 공주들을 자신의 씨앗으로 임신시키고, 나
중에 자긴 드래곤이고 이젠 재미없으니 날아가겠다고 하는
망나니도 있기야 했지.'

이제는 천 년이나 지난 일이지만 인간들은 기억할 거다.
입에서 입으로, 책에서 책으로 전해지면서.

이런 놈들이 있다 보니 유희에 대한 인식이 더욱 나빠지
는 수밖에.

드래곤 로드께서 그 새끼를 족치라 명령했고, 아카넬이
손수 머리끝부터 발끝까지 자근자근 밟아 줬다. 인간 세계
에 피해를 입혔다고 족친 건 아니고―당시에는 공주 내놔
라, 안 그러면 성에 불을 지른다는 놈들도 많았다― 다른
드래곤의 유희를 방해했기 때문에 밟아 줬다.

당시 유희를 나섰던 연로한 드래곤께서 그놈 때문에 모
처럼의 유희가 엉망이 되었기 때문이다.

그 고룡께서 하시던 유희는 공주님의 애완 고양이였다.

페르시안 장모종이었는데, 놈이 드래곤으로 변해서 성을
무너뜨릴 때 고양이의 몸인 상태라 그대로 죽을 고비를 넘
기고 그분 유희도 그걸로 끝났다.

'신경 쓸 만하지. 싫어할 만하고.'

아카넬도 알고 있다. 그러나 카이에게만은 어쩐지 자신의 이야기를 하고 싶지 않았다. 농부로서 살아가고, 신관으로서 살아가며, 한때는 영웅이기도 했던 유희의 이야기를 하고 싶진 않았다.

어떤 분야든 일만 시간을 투자하면 전문가가 될 수 있다. 여기에 삼만 시간 정도를 더한다면 그 분야의 달인이 될 수 있다. 그러나 그런 아카넬도 카이와 같은 검을 만들 수 없었다.

영원을 사는 그가 고작 백 년도 살지 못하는 인간과 같은 칼을 만들 수가 없었다.

카이는 자연히 알고 있는 것, 그러나 영원을 사는 아카넬은 모르는 것이 있었다.

그것이 무엇인지는 아카넬 자신도 몰랐다.

그녀가 말했다.

"미안하군요. 당신의 사생활에 대해 궁금해해서."

목소리가 뾰족하다. 왜일까. 그 오랜 삶을 살아왔지만 어쩐지 이 여자의 감정을 읽을 수가 없었다.

그건 이 여자가 특별해서일까. 아니면 아카넬 자신이 이상해져 버렸기 때문일까.

그동안 만났던 수많은 인간 여성과 이 여인은 달랐던 걸까.

단순히 유희로서의 선을 넘어 무언가가 있는 걸까.

아카넬은 그녀의 눈을 바라본다.

갓 시작된 아침 하늘 같다. 그 무엇에도 더렵혀지지 않은 순청의 망막을 보는 순간 아카넬은 그녀의 입술에 키스했다.

그녀는 이번만큼은 뺨을 때리지 않았다. 엘처럼 사타구니를 걷어차서 고자로 만들려는 시도를 하지도 않았고, 리버처럼 자해라도 해서 인생 지옥의 고통을 안겨 주지도 않았다.

그저 놀란 눈으로 사슴처럼 굳어 있었다. 그건 아카넬도 처음 겪는 일이라서 무척이나 당황스러운 경험이었다.

'남난(男難), 남난이야. 계집아이가 칼이 되었으
니 남자들이 환장을 하지.'

맥 할머니가 카이를 향해 혀를 찼던 게 아직도 떠올랐다.

아카넬은 한순간 맥 할멈을 죽이고 싶다는 충동이 들었다. 그러고는 작게 한숨을 내쉬었다.

카이의 아버지와 약혼 내기를 할 때 좀 더 신경을 썼어야 했다.

그는 현명했다. 딸을 제대로 봤으니까.

이런 계집을 지키려면 적어도 자신 정도의 사내가 아니면 안 된다.

'어쩔 수 없지. 휘말려 버렸으니.'

그녀는 여타 유희에서 보았던 다른 여인들과 무엇이 달랐던 걸까.

아니면 달라진 것은 자신?

그것만큼은 아카넬 자신도 알 수 없었다.

3.

그의 키스를 받고 나서 나는 생각했다.

'바람둥이네, 바람둥이야.'

'여태 여자 몇이나 사귀어 봤어!' 라는 물음에 키스로 답하다니! 엘이라도 이렇게는 못한다. 그런데 가장 바보 같은 건 그 키스에 사고가 멈춰 버린 나 자신이다.

리버가 덤벼들어도 죽을 각오로 박아 버리는 데 왜 이런 바람둥이 드래곤에게는 아무것도 하지 못한 걸까.

아, 스스로에게 자괴감이 든다.

'칼 만들고 싶다. 크고 얄팍한 걸로. 이 기분으로는 샴쉬르나 동대륙식 환월도가 좋을 거 같아.'

대장간이 좋다. 거기서는 하염없이 불만 바라보면 되니까.

나와 망치만 있으면 된다. 화로는 끓고 있고, 모루를 내리치면 달군 철이 별을 뿌리는 그곳으로 돌아가고 싶다.

'거기다 리버가 마법을 걸었지.'

무슨 생각인지는 모르겠지만 차라리 반갑다. 나는 검만 생각하면 된다. 그 이상의 것들은 내게 있어서 사치일 뿐.

쌍둥이는 내게 무기를 원한다. 무기를 원하면 만들어 주면 된다. 그게 내 직업이니까.

대신 무료 노동은 질색이다. 대가를 받아야 한다. 마족의 물건이니 돈으로는 받을 수 없고 뭔가 괜찮은 재료를 받아 내야겠지.

'이번에는 날 위한 검을 만들 재료를.'

내 몸을 지킬 수 있는 것으로. 인간보다 높은 고위급 존재도 내게 쉽게 손을 대지 못할 만한 게 필요하다.

이윽고 쌍둥이가 들어왔다.

"엄마, 괜찮아? 루비가 엄청 걱정했어."

"아냐아냐. 나보다 사파이어가 훨씬 더 걱정했어! 사파이어는 걱정쟁이!"

"루비도 그러면서!"

문득 보니 진한 파란색으로 염색했던 사파이어의 머리가

이번에는 연한 파란색으로 바뀌었다.

"머리색 바뀌었네요."

"아, 응. 더 예뻐지려고."

아카넬과 리버 모두 어두운 머리색이니 그게 싫어 본인 머리카락 색도 바꾼 모양이다.

'그만큼 영향을 받기 쉬운 거지. 타인의 모습에 자신의 머리색을 바꿀 정도로.'

같은 마왕이어도 앵속의 마왕, 키르카와는 달랐다. 키르카는 자신의 세계가 확고했다. 부탁하면 무엇이든 호구처럼 들어준다는 점마저도 그의 정체성 중의 하나였다. 그러나 이 아이들은 그런 게 없었다.

'무기로 치면, 주괴에 가까워. 열을 가하면 얼마든지 변형되지.'

본래의 자기 모습이 없으니까.

모습만큼이나 자아도 어린아이와 닮아 있었다.

"무기, 만들어 드릴게요."

루비너스가 환하게 웃었다.

"정말? 고마워. 엄마!"

아이는 내 뺨에 입술을 맞춘다. 사람의 마음이란 게 참 간사하다. 방금 전까지만 해도 날 죽일 수 있는 맹수로만 보였던 아이들이 아카넬과 리버가 왔다는 것만으로도 그냥 아이로 보인다.

나를 지켜 주는 사람이 곁에 있다는 것만으로도 이토록 안심이 될 줄은 나도 몰랐다.

사파이너스가 물었다.

"그러면 무엇을 만들어 줄 거야?"

"대가를 주셔야 해요. 저는 공짜로 검을 만들어 주는 사람이 아닙니다. 엄연히 이게 직업이라고요."

두 사람은 한참 서로를 바라보았다. 이윽고 씨익 웃었다.

"엄마는 우리에게 뭘 원하는데?"

"우리는 무엇이든 할 수 있어. 만들어도 줄 수 있고."

여기서부터 고민이다. 무엇이든 할 수 있고 만들어 줄 수 있다고는 하지만 그 말을 그대로 믿어서는 안 된다. 일단 나는 그들이 어디까지 할 수 있고, 어디까지 만들어 줄 수 있는지 모르니까.

"탄력 있고 강한 철을 원합니다. 제가 있던 인간계에서는 구할 수 없는 걸로요."

"강한 건 지금이라도 줄 수 있어. 하지만 탄력? 그건 어째서?"

"생각해 둔 게 있거든요."

둘은 서로를 바라본다. 이윽고 입을 열었다.

"딱 하나 있긴 해."

"빅마마의 안구를 만들 때 썼던 부품이지만 그게 대가라면 줄 수 있어."

"거기다 하나 더."

"엄마는 욕심쟁이!"

두 아이가 뺨을 부풀린다. 그러나 그것만으로는 수지타산이 맞지 않는다. 저 아이들 때문에 청안이 크게 다쳤다. 거기다가 납치까지 했잖나. 나는 착하지도 않고, 계산에 약한 것도 아니다. 결코 깎아 줄 생각은 없다.

"두 마왕의 뿔 일부를 주세요."

"뭐?"

"뭐어?"

둘은 서로를 바라본다. 거래다. 여기서 내가 동요하는 모습을 보여 주었다가는 먹힌다. 나는 무기를 만드는 사람이자 동시에 판매자이기도 했다. 엘 같은 사람에 비해 한참은 뒤지지만 그래도 장사치로서 먹은 짬이 있단 말이지.

"그거 뿔, 자르면 다시 돋아나는 거죠?"

루비가 새빨간 눈동자를 빛내며 말했다.

"마족에게 있어 뿔은 자기 힘의 정수야. 알고 그러는 거야?"

"네. 알고 있어요."

사파이어도 한마디 보탠다.

"왜 엄마는 그런 걸 원하는 거야?"

둘의 살기가 한순간 부풀어 오른다. 재미있게도 이 방 안을 가득 채울 뿐 밖으로 새어 나가진 않는다. 리버나 아카넬이 있다는 것을 깨달을 정도의 이성은 있는 모양이다.

'여기서 소리를 지른다면 확실히 안전해지겠지. 하지만……'

뿔을 얻을 수 있는 기회는 두 번 다시 없다.

"키르카 님은 제게 깃털을 주셨습니다. 천사에게 깃털이란 게 어떤 의미인지 아실 거라 생각합니다."

"그래서 뭐?"

식은땀이 뒷목을 타고 흘러내린다. 주먹을 꽉 움켜쥐고는 그를 노려보았다.

"전부 달라는 소리는 하지 않겠습니다. 그저 조금만 잘라 주면 돼요. 무기를 만들 때 사용할 겁니다."

사파이어가 차갑게 뇌까렸다.

"루비, 인간은 참 부서지기 쉬운 몸을 가졌어."

루비 역시 답한다.

"알고 있어. 그래서 때리진 않고 있잖아."

두 보석 마왕이 서로를 바라본다. 이 아이들은 진짜 의미의 대화는 하지 않는다. 대화란 서로의 의견을 나누기 위해서 하는 건데, 보통은 이미 서로의 눈만 보고 결론을 내리고 그것을 타인에게 보여 주기 위해 말을 통해 쇼를 할 뿐이다.

나는 눈 하나 깜짝이지 않고 말했다.

"어쩌실 겁니까?"

약간 깍쟁이 같아 보였을 거다.

맏형 루비가 말했다.

"무기란 거 어디에 쓸 거야?"

"제 몸을 지키는 데 사용할 겁니다."

"약속?"

"네."

사파이어도 덧붙여 말했다.

"맹세할 수 있어? 영혼을 걸고."

차갑다. 그러나 그들 앞에서 거짓을 고할 수는 없다. 아마 그게 두 사람이 할 수 있는 최후의 양보선이리라.

루비가 말했다.

"너무해! 아크 리치의 눈도 가진 주제에 우리의 뿔까지 가지려 하더니!"

대체 그건 어떻게 안 거지? 소문이라도 난 건가? 아니면 마왕쯤 되면 한눈에 보고 아는 건가?

"엄마는 욕심쟁이!"

사파이어의 말이 공기를 찌른다. 루비는 고개를 끄덕였

다. 이윽고 내가 말했다.

"맹세할 수 있습니다. 그 검은 어디에도 팔지 않겠어요."

루비가 말했다.

"물려주는 것도 안 돼. 엄마가 죽으면 검을 파괴하든 우리에게 돌려주든 해야 해."

고개를 끄덕였다. 둘은 서로의 눈을 바라보더니 고개를 끄덕였다.

"좋아. 우리의 뿔을 줄게. 대신 엄마도 최고의 무기를 만들어 줘. 그리고 한 가지 더."

"네?"

두 아이가 침대 위로 올라온다. 그러고는 동시에 내 목에 자신의 얼굴을 파묻는다. 어린 짐승이 제 어미에게 하는 것과 똑같은 행동이었다.

"일이 끝나도 가끔 놀러 와 줘."

"......."

내가 대답이 없자 사파이어가 되물었다.

"싫어?"

"저를 다치게 할 건가요?"

"아니."

"오지 않으면 다시 납치할 건가요?"

"아니."

"제 소중한 사람을 다치게 할 건가요?"

"절대 안 해. 진짜로. 그것만큼은 절대로 안 할게. 그리고 그 환수에게는 우리가 선물을 줄게. 그걸로 엄마가 용서해 준다면 말이지만."

마왕의 선물이라니 조금 무섭다. 그래도 시시한 물건은 아니리라. 좋지 않은 물건이라면 아카넬이든 리버든 엘이든 붙잡고 물어보면 해결될 거고.

"가끔은 생각해 보겠습니다."

"응!"

"엄마 최고!"

두 마왕이 내게 와락 안겼다. 부러진 갈비뼈가 우드득, 또다시 끔찍한 소리를 낸다. 나는 너무 아파 비명도 못 지르고 웅크린다. 사파이어가 말했다.

"루비, 인간은 잘 망가진다며. 그러면 못 써!"

"미안미안, 엄마."

그놈의 엄마 소리 그만 좀 했으면.

4.

두 쌍둥이 마왕은 결국 내 양옆에서 잠이 들었다. 잠들기 전까지 자신이 갖고 싶은 무기에 대해 조잘거렸다. 아이들의 목소리를 들으며 나는 천천히 잠이 들었다.

그날 밤, 꿈을 꾸었다. 따뜻한 물 속에 몸이 잠겨 있는 꿈이었다. 멜로디가 울렸다.

'이거 어디선가 들은 적이 있어.'

무슨 노래일까. 엄마의 자장가를 듣는 태아도 이런 기분일까. 나는 거꾸로 몸을 웅크린다. 작은 물살도 없는 고요한 곳에서 나는 기분 좋게 흔들렸다. 그게 최초의 물을 붙잡을 때 들렸던 그 멜로디라는 것을 깨달은 건 한참 후, 꿈과 현실의 경계 사이였을 때였다.

이튿날 눈을 떠 보니 놀랍게도 온몸이 다 나아 있었다.

"세상에."

분명 나는 죽을 뻔하지 않았나. 거기다가 쌍둥이 두 명의 몸통 박치기로 인해 한번 다친 갈비뼈가 또다시 엄청난 소리를 냈더랬다. 그런데 몸이 전부 나아 있었다. 스트레칭을 하며 근육 하나하나 다 점검해 본다. 마치 새로 태어난 것처럼 온몸 어디에도 불협화음 하나 없었다. 내가 보통 사람보다 회복력이 빠르긴 해도 그 상처를 하룻밤 사이에 다 낫게 하는 건 불가능하다.

무슨 트롤도 아니고, 잘린 살덩이가 고대로 재생되어 있네.

"대체 이게 어떻게 된 거지?"

뒤를 돌아보니 두 쌍둥이는 아직도 자고 있다. 이 녀석들이 뭔가 조화를 부린 건가? 하지만 분명 본인들도 방법이 없다 하지 않았나.

문을 열고 밖으로 나오니 아카넬과 리버가 인기척을 느꼈는지 복도로 나온다.

"어떻게 회복된 거지?"

아카넬의 말에 나도 어깨만 으쓱한다. 리버가 말했다.

"트롤을 씹어 먹어도 이 재생력은 설명이 되질 않아. 대체 뭘 어떻게 한 거야, 누나?"

모르겠다. 그러고 보니 그때 두 꼬맹이가 쳤던 보호막을 아무런 상처 없이 통과했을 때도 그렇고, 이렇게 갑자기 온몸이 나아 버린 것도 그렇고, 내 몸이 어떻게 변해 가는지 나도 놀랄 노 자다. 리버가 한쪽 눈썹을 살짝 찌푸린다.

"역시 누나를 한번 벗겨 놓고 몸을 조사해 봐야……."

그 순간, 아카넬의 칼이 리버를 향해 내리꽂힌다.

"으악! 폭력 반대, 폭력 반대!"

이번만큼은 나도 말릴 생각 없다. 둘이 싸우거나 말거나 내 알 바 아니다. 그저 나는 인간이 생존할 수 없는 이곳에서 무기를 만들어 팔고, 그에 합당한 대가를 받으면 그만인 일이었다. 두 사람이 한바탕하는 소리에 두 쌍둥이는 문을 열고 나왔다.

"안녕, 마마."

"오랜만에 푹 잤어."

루비와 사파이어는 내 곁으로 걸어왔다. 이 아이들이 내게 어떤 감정을 품고 있는지는 잘 모르겠다. 그래도 나를 진짜 엄마로 대하는 게 아니라는 것 정도는 알고 있다. 그러나 미치도록 긴 시간 동안 살아 있는 존재라고는 단둘뿐인 곳에서 그나마 오래 대화한 생명체가 유일하게 나뿐이라는 것도 알고 있다.

불쌍하다는 뜻은 아니다. 이 아이들은 마왕이고, 인간의 기준으로 생각하면 안 되는 존재들이니까. 그래도 외로워 보인다는 표현 정도는 할 수 있으리라. 애정에 굶주려 있다는 표현도 맞을 거고. 본인들이 무엇을 원하는지도 모르고 갈구한다는 쪽도 맞는 말일 거고.

딱 그 정도.

'세상에, 토끼가 사자 안부를 걱정하고 있네.'

이 거리면 손으로 한 번 후려갈기면 나는 죽는다. 지금은 마땅한 무기도 없고, 몸이 갑자기 낫는 쾌유의 기적이 일어나 났다만 그것도 살아 있으니까 나은 거지 죽은 놈을 다시 살리진 못할 거 아닌가. 거기다가 이게 어떤 조건으로 발동했는지도 알 수 없고.

'내 몸에 대해서 모르는 게 너무 많아.'

그때 그 하이 엘프들도 이런 경우는 처음이라고 했으니까 말이지. 적어도 도서관 가서 오래된 책 한두 권 열어 본다고 알 수 있는 일은 아닐 거다.

"별의 공방으로 갑시다."

아카넬이 살짝 고개를 갸우뚱했다.

"별의 공방?"

"제2 마계와 제3 마계 끝에 위치한 공방이에요. 제4 마계와도 맞닿아 있고 말이죠. 자세히는 모르지만 무슨 층층이 쌓여 있는 마계 구조상 꽤 재미있는 곳에 위치해 있다던데."

리버가 손을 번쩍 들었다.

"예에~ 난 찬성."

그러나 두 쌍둥이는 서로를 바라보았다.

"키르카는 아크 리치의 편이야."

"엄마를 제3 마계에 뺏길 수도 있어."

미쳐 보이긴 해도 머리 돌아가는 건 귀신같은 애들이다. 아니, 광기와 이성 사이에서 아슬아슬하게 줄타기를 할 줄 안다고 봐야 하나.

아카넬은 벽에 기대고는 생각에 잠겨 있었다. 이윽고 그가 물었다.

"카이, 네 생각은?"

"저는 약속했어요. 이 마왕들에게 걸맞은 무기를 만들어 주기로. 그 대신 그에 합당한 대가를 받기로 했습니다. 그 거면 돼요."

"이 거래에 만족하나?"

나는 나를 지킬 무기가 필요하다. 마왕의 뿔은 엄청난 무기를 만들 수 있게 해 줄 거다.

"당연. 대가를 치렀으면 무기를 드립니다. 그게 제가 가는 길이니까요."

"미쳤군. 너는 검에 미쳤어."

아카넬의 말이 심장을 후벼 판다. 알고 있다. 지금의 나를 여기까지 끌고 온 것은 광기에 가까운 집착. 내 일에 이토록 미치지 않았다면 나는 여기까지 끌려올 일도 없었으리라. 물론 키르카에게 무기를 만들어 주는 일도 없고, 리버를 만나지도 않았으리라.

아카넬과 처음 만난 그 날, 차를 한두 잔 마시고는 미래 이야기를 하고, 용신의 몇 번째일지 모를 신부가 되어 시간을 걸어갔겠지. 그리고 죽을 때까지 그의 정체가 무엇인지, 진짜 모습이 무엇인지조차 모른 채 죽어 갔을 거다.

어쩌면 검보다 사랑하는 게 생길지도 모른다. 아들이라든가, 딸이라든가. 어쩌면 남편 몰래 정부를 만들었을지도 모르지. 그래도 적어도 지금처럼 행복하지는 못할 거다.

"그래요. 나는 미쳐 있기에 행복해요."

아아, 나는 루비와 사파이어를 미쳤다고 욕할 처지는 아니다.

검은 나의 신앙이고 대장간은 나의 신전이며 모루는 내 찬송가니까.

아카넬은 그런 나를, 내 눈을, 홀린 듯 한참이나 들여다본다. 그의 우물 같은 동공이 내 안의 무엇을 보고 있는지는 모르겠다. 적어도 인간은 알 수 없는 아득한 세월의 지혜겠지.

놀랍게도 그가 웃었다.

"그래. 그게 너지. 손으로 어떻게 불을 붙잡을 수 있겠나. 불은 그저 타오를 뿐이고, 인간의 인생도 그런 것을."

그의 미소는 눈부시게 아름다워서 내 심장이 한순간 멈췄다.

이상하다. 그의 앞에만 있으면 가슴 어딘가가 아프고 화가 난다. 그런데 뒷맛만큼은 달콤해서 자꾸만 명치를 손으로 쓸어 보게 된다.

자꾸 쳐다보고 있으면 그가 이상하게 볼 거 같아 나는 억지로 시선을 돌렸다.

"리버, 도와줄 거예요?"

"글쎄? 이번만큼은 나도 별로. 내가 얻을 수 있는 대가가 없는걸."

곤란하다. 나는 마법 도구를 만드는 지식이 없다. 날카롭고 단단한, 그리고 염원이 깃든 무기를 만들 수는 있어도 마법이 걸린 무기를 만들 수는 없다.

지난번 키르카의 무기 때처럼 크기를 자유자재로 조절할 수 있게 한다거나 하는 건 내 권한 밖이다.

"수고비를 드리는 건……."

리버가 내 말을 끊었다.

"누나, 내가 돈이 부족한 게 아니라는 건 알고 있잖아. 과거 누나의 빚을 전부 갚아 준 게 누구였지?"

아뿔싸, 리버는 당황하는 내 표정을 읽는다. 소년은 뒷짐을 지고는 황새처럼 내게 다가온다. 그러고는 내 귓가에 속삭인다.

"나중에 내 부탁을 하나 들어줘."

"네?"

"어려운 건 아니야. 돈이 드는 것도 아니고, 목숨이 걸려 있는 것도 아니고 정말 짧은 부탁."

소년의 목소리가 뱀처럼 내 귓등을 쓸고 지나간다. 나도 모르게 '그래, 그렇다면 어쩔 수 없지.' 하고 고개를 끄덕일 뻔했다. 그때 아카넬이 지팡이를 뻗어 리버와 나 사이를 갈랐다.

"아크 리치와의 약속을 함부로 하면 안 되지. 조건을 하나 더 붙이지. 카이 알테리온이 그 부탁이 싫다고 생각된다면 다른 방식으로 갚을 수 있다."

"다른 방식?"

아카넬이 생각에 잠긴다. 이윽고 그가 말했다.

"내가 대신 갚도록 하지."

"대공!"

나도 모르게 목소리가 높아졌다. 내 저지에도 그는 말을 이어 나갔다.

"용언의 힘으로 약속하지. 내가 판단한 하에서 네 노동에 적합하다 여기는 보상을 주도록 하겠다."

리버가 검지를 들고는 자신의 새빨간 입술을 애교 있게 누른다.

"어째서? 내가 받을 보상인데 왜 네 판단에 맡겨야 하지? 까만 드래곤."

"네 판단에 맡겼다가는 말도 안 되는 걸 꺼낼지 모르기 때문이지. 흑마법사는 거짓과 모략을 좋아하는 존재니까."

그의 말에 리버는 살짝 슬픈 표정을 지었다.

"너무하네."

"대답은?"

그의 독촉에 리버는 나를 한 번 바라보았다. 슬프게 웃는 저 미소마저도 거짓인 걸까. 판단할 수가 없었다. 리버는 내 마음을 읽지만, 나는 리버의 마음을 모르니까. 그나마도 팔찌를 껴서 알 수도 없는 사이가 되어 버렸으니까.

리버가 말했다.

"좋아. 누나는 거절하지 않을 부탁이니까 상관없어."

그래, 이렇게 된 거 대공에게 더는 빚을 만들지 않기 위해서라도 어떻게든 하는 수밖에 없다.

위대하신 드래곤 나리께서는 인간의 부담감 따윈 전혀 모르는 모양이고.

5.

키르카가 별의 공방으로 이동할 때는 가시나무로 만든 소환수로 이동했는데, 대체 여기는 별의 공방까지 어떻게 움직이는 걸까? 순간 이동은 차원에 부담을 주는 일이라 마왕들이 그리 좋아하지 않는다고는 하던데.

그때 루비가 나를 위층 창가로 손짓했다.

"엄마, 이리 와."

무슨 일인가 싶어 올라간다. 창밖을 보다가 문득 이상한 것을 느꼈다. 풍경이 바뀌고 있었다.

"이게 무슨……."

사파이어가 자랑스럽게 말했다.

"말했잖아. 이 성을 움직이는 건 빅마마. 그리고 이 성 자체가 바로 우리의 요새이자 무기."

성이 날고 있다. 붉은 대지 위를 이 거대한 것이 날아가고 있었다. 톱니바퀴 소리가 요란하다. 루비가 창밖 테라스로 나온다.

"와 봐, 마마. 시원해!"

용기 내서 한 걸음 내디뎠다. 난간을 겨우 붙잡고 본 세계는 광활하고 넓어서 두려울 정도였다. 루비가 새빨간 머리카락을 흩날리며 말했다.

"중력을 차단한 건 나야. 모든 물리법칙을 다룰 수 있어."

사파이어가 답했다.

"여기 이 성을 지은 건 내가 했어. 나는 태엽과 기계 장치를 다룰 수 있으니까."

왜 이 아이들이 그 어린 나이에 모두를 도살하고, 제2 마계에서 단 한 번도 빼앗기지 않고 이 자리를 지켰는지 알 것 같았다.

둘은 무적이었다. 서로가 서로에게 함께하는 한 이 제2 마계는 그것만으로도 견고했다.

"두 사람은 충분히 강한데 왜 무기가 필요해요?"

"키르카가 강해졌으니까. 그리고 키르카의 능력은 식물. 숲을 유지하려면 햇빛이 필요하거든. 키르카는 반드시 이 자리를 원할 거야."

아아, 내가 만든 무기 탓인가. 이러려고 준 건 아닌데 말이지.

아니 뭐, 이 직업 종사자에게는 흔한 일이다. 윗마을 영주님이랑 아랫마을 영주님이 동시에 같은 무기를 주문해서 이튿날 같은 공방에서 출하한 칼을 들고 서로의 배때기에 쑤신다든가, 한쪽은 방패를 주문하고 한쪽은 창을 주문해서 뭐가 더 단단하고 날카로운지 전쟁터에서 확인한다거나 하는 일 말이다.

'딜레마지, 딜레마.'

여기서 장인으로서 취해야 할 자세란 모든 무기와 모든 방패를 전부 혼을 담아 최선을 다해 만드는 것뿐이다. 그 이후의 일은 높으신 나리들에게 맡기는 것.

칼질 한 번에 사람을 해칠 수도 지킬 수도 있다. 그것은 검의 주인에게 달린 일.

그렇기에 우리 같은 인종은 그토록 철에 매혹되는 모양이다.

도착할 때까지 나는 내내 무언가를 먹었다. 커다란 칠면조를 반으로 갈라서 전부 삼키고는 무화과를 껍질 채로 뜯었다. 청안이 말했다.

"체력을 보충하시는군요."

"응, 분명히 만드는 내내 나는 아무것도 먹지 않을 테니까."

이번에는 완성하고 나서도 탈진하지 않는 게 목표다. 그때보다 체력적으로 많이 강해졌으니 괜찮지 않을까?

청안은 나한테 햄을 썰어 주려다가 신음을 하고 엎어진다.

"일단 쉬어."

"아가씨도 회복했는데 제가 이렇게 아프다니 이게 무슨 추태인지 모르겠습니다. 제가 돕지 않으면 안 되는데 말입니다."

"그러려면 일단 쉬어야 해."

내가 턱짓을 하자 인형 메이드들이 청안을 끌고 도로 침대로 데려간다. 편하긴 정말 편하다. 사람이 아니니 험한 일 같은 것도 거침없이 해내고 인형이니 지치지도 않고.

'내가 무기를 만들 때까지 청안이 회복하는 건 무리지.'

저 몸 상태로 보조 작업을 시키는 건 무리다. 일단 푹 재워서 쉬게 하고, 돌아갈 때 몸에 부담 없게 하는 게 지금 할 수 있는 최선이겠지.

청안이 썰려고 했던 햄을 메이드들이 썰어 준다.

그 햄을 받아다가 호밀 빵 사이에 끼운다. 거기에 두툼한 치즈랑 소스를 넣고 양배추를 몇 겹 곁들인 후에 한 번에 먹는다.

'와삭' 하고 들어가는 식감이 전투적이다. 햄이 꽤나 신선하다.

'대체 이 식량들을 어떻게 구해 왔는지 물어보기가 두렵다.'

리버랑 대공도 같은 테이블에서 같은 음식을 먹고 있는 걸 보면 아마 못 먹을 음식은 아닐 거고.

신경 쓰지 말자, 신경 쓰지 말자.

지금은 조금이라도 더 위 속에 무언가를 집어넣는 게 중요하다. 노동은 밥심으로 하는 거다. 배 꺼지면 할 일도 못한다.

나는 갓 구운 벌꿀 빵을 집어 들었다.

얼마 후, 별의 공방에 도착하니 먼지가 또다시 수북하다.

"와, 대체 시간이 얼마나 지난 거죠?"

리버가 말했다.

"말했잖아, 누나. 마계와 물질계의 시간은 서로 다르다고."

그거야 알고 있지만…… 그래, 그러면 생각을 바꿔 보
자.

"제가 떠난 후에 마계의 시간은 얼마나 지난 거죠?"

"먼지가 수북이 쌓일 만큼."

질문을 말자. 리버가 다시 바람의 악마를 소환했고 악마
들이 먼지를 청소해 내기 시작했다. 아카넬은 저 멀리 하늘
을 바라보았다.

"손님이 오는군."

그 순간, 쌍둥이들이 마력을 끌어 모았다. 성을 중심으로
쌍둥이가 만든 마법의 장막이 부풀어 오른다. 공방까지 덮
고는 수십 겹의 보호막이 펼쳐진다.

키르카가 보인다. 전처럼 탈 것 위에 올라타 있진 않다.
그는 불타는 날개를 펼치고 이쪽을 바라보고 있다. 손에 내
가 만들어 준 검을 쥐고 있진 않았다.

'그러나 차원의 문을 열고 언제든지 꺼내올 수 있겠지.'

제3 마계에 속하는 모든 것은 그의 것이고 내가 만들어
준 그 '검'도 그에게 속한 물건이니까.

키르카가 웃었다. 그러고는 특유의 흥얼거리는 억양으로
'이렇게 제 영토에 오시다니요. 환영합니다 ♪'라고 말했
다.

리버가 말했다.

"엄연히 말해 영토 침범이지. 별의 공방은 경계에 있다고 해도 제3 마계에 속해 있는 곳이니까. 무단으로 들어왔으니 그것만으로도 문제가 생겨."

루비와 사파이어는 서로를 바라보더니 이윽고 말했다.

"공방을 빌리러 왔어."

"공방 좀 이용해도 돼?"

키르카가 턱을 문질렀다.

"왜죠?"

루비가 말했다.

"이상하다. 너 옛날이라면 '그러세요 ♪'라고 말하고 말 녀석이었잖아?"

키르카가 답했다.

"누군가에게 부탁을 받았거든요. 날 위해 살라고. 이제 조금은 주체적이 될까 합니다."

"이상한 녀석."

사파이어는 그렇게 말하고는 턱을 들어 나를 가리켰다.

"이 녀석한테 무기를 만들어 달라고 부탁할 생각이었어. 다음번 마왕대전에서 우리 위치를 고수해야 할 테니까."

"당신네들은 광합성이 필요 없으니 조금은 어두운 곳에 있어도 되지 않나요 ♪"

그래, 그는 식물의 마왕. 태양은 그에게 큰 힘을 주게 될 거다. 두 쌍둥이도 지지 않고 말했다.

"재수 없다. 그렇지, 루비?"

"응, 누가 들으면 차원 맡겨 놓은 줄 알겠네."

아아아, 세계를 좌지우지하는 마왕님들께서 무슨 왕자님 앞에 두고 서로를 후려치는 사교계마냥 신경전을 벌이고 있다. 지상의 광신도들은 상상도 못 하겠지. 자기가 섬기는 마왕들이 이러고 있다는 걸.

사파이어가 말했다.

"그래서 어쩔 거야. 쓰는 거 허락 안 할 거야? 우리는 전쟁도 좋아."

"제3 마계에서 싸움을 벌인다고요? 이곳의 중력과 공기, 심지어 시간마저도 누구의 것인지 아실 텐데요."

루비가 답했다.

"응, 알고 있어. 그래서 가져왔잖아. 우리의 요새. 적어도 다음 마왕대전 때까지 너 하나쯤은 타격을 입힐 수 있거든."

"그러면 다음 마왕대전 때 그쪽도 힘들 텐데 ♬"

분위기가 점점 나빠진다. 아카넬은 누가 싸우든 내 알 바가 아니라는 듯 벽에 기대서 눈을 감고 있고, 리버는 오히려 이 싸움을 반기는 눈치다.

이번만큼은 아무리 나라도 몸 던져서 막거나 하지는 않을 생각이다. 오히려 망치를 들고 강하게 나갈 뿐이지.

"아, 좀! 지금 고객님과 전 고객님!"

세 마왕이 동시에 나를 바라본다. 아, 부담스럽다. 이 눈빛, 부담스러워.

리버가 옆에서 나만 들릴 수 있게 작은 목소리로 속삭인다.

"누나는 간을 밖에 내놓고 다니나 봐."

아카넬이 그랬잖아. 칼을 대하는 나는 정상이 아니라고. 나도 틀린 말은 아니라고 생각해.

"고객님들, 들으십시오. 저는 의뢰를 받으면 그에 걸맞은 제품을 만들어 드리는 게 제 본분이지 이런 트러블은 생각도 하지 못했습니다. 제가 지금 예기치 못하게 출장(납치) 나왔는데, 이 이상 스케줄이 지체될 수는 없습니다. 제대로 의뢰를 이어 나가실지 아닐지 확실하게 해 주십시오."

그렇지 않아도 창백하던 청안의 얼굴은 퍼렇게 질리기 시작했고, 리버가 배를 붙잡고 웃기 시작했다. 대체 뭐가 웃기지? 아무튼 할 말은 해야 하지 않겠는가. 나는 배에 힘을 주고 강하게 말했다.

"작업 장소 섭외 와중에 전 고객님과 분쟁이 있으신 모양인데, 그럴 거면 대장간을 따로 지어 주시든가 아니면 정당하게 임대료를 내서 합의를 봐 주세요. 두 분께서 무력 싸움으로 나가시면 저도 작업상 곤란합니다!"

나의 천둥과 같은 외침에 세 명의 마왕은 한 마디도 못 하고 그냥 나만 바라본다. 그래, 상상도 못 했겠지. 인간한테 칼 의뢰해 본 것도 처음이겠지만, 장소 섭외하는 것도 처음이겠지.

출장은 이게 문제다. 고객님들이 무슨 내가 숟가락으로 철괴 좀 후려치면 칼이 하나 뚝딱 나오는 줄 알아. 내가 뭐 실무자 수준의 지식을 바라는 것도 아니고, 출장(납치)을 오게 했으면 대장간 정도는 마련하는 게 예의 아닌가.

갑자기 아카넬이 쿡, 웃음을 터뜨렸다. 리버는 예상했지만 아카넬마저 웃을 줄은 몰랐다.

아, 모르겠다. 갈 데까지 가자.

나는 성큼성큼 세 명의 마왕 가운데를 가로막아 섰다. 그러니까 두 어린 마왕이 만들어 낸 보호막 바로 앞이겠지.

"그러면 묻겠습니다. 제2 마계의 두 의뢰주님, 제3 마계의 전 의뢰주님께 대장간을 평화적인 방법으로 빌릴 생각이 있으십니까?"

두 쌍둥이가 답했다.

"평화?"

"먹는 거야?"

협조성 하난 쥐뿔도 없는 애새끼들 같으니라고. 나는 쌍둥이들의 대답을 싹 무시하고는 키르카에게 말했다.

"제3 마계의 마왕님, 정당한 대가를 받으시면 이 공방을 임대하실 생각이 있으십니까?"

키르카는 흥미롭다는 듯 나를 내려다보았다. 복숭앗빛 머리카락에선 달콤한 향기가 났다.

"있습니다만? 그러나 알고 계시나요, 알테리온 영애. 마계에는 화폐가 없습니다. 힘이 있는 자가 모든 것을 가져가니까요♫"

나는 슬쩍 아카넬과 리버를 바라본다. 아마 내가 도움을 요청한다면 기꺼이 도와줄 거다. 그 와중에 약간의 대가를 원할 수도 있고. 그러나 지금은 내가 어디까지 가나 지켜볼 요량인 모양이다.

'블랙 좋아하는 남자치고 성격 안 꼬인 남자가 없지.'

생각해 보면 흰색 좋아하는 남자도 성격이 꼬이긴 매한가지다. 한 글자의 'ㅇ'으로 시작하는 이름의 남자 말이지.

'이러니 남난이지.'

한 명, 한 명이 한성격 하시는 분들이다.

'이런 곳에서 도움을 요청하고 싶지는 않아.'

이건 내 일이다. 내 성역이고. 착수하기로 마음먹은 이상

내 손으로 끝을 내고 싶다. 그때 리버와 눈이 마주친다.

리버가 입 모양으로 작게 한 단어를 뱉었다.

'태양.'

어두운 머리 안을 번개가 스쳐 지나간다.

"태양, 태양 빛을 원하지 않나요? 분명 키르카 님의 가솔들은 광합성을 해야 한다고 들었는데요."

키르카의 입술이 부드럽게 호를 그린다.

"네, 용케 거기까지 생각해 냈군요."

사실 컨닝이지만 말이지. 나는 시치미를 뚝 뗐다.

"권속들 중 몇이라도 태양 빛을 쐬게 하면 어떨까요?"

"권속이라고 해도 사람이 아니라 식물입니다만…… 아!"

그가 손가락을 '딱' 하고 부딪치더니 아무것도 없는 공간에서 씨앗 세 개를 들고 왔다.

"이 아이들에게 태양 빛을 내려 주세요. 자라려면 햇빛이 많이 필요한데, 여기는 별로 좋은 환경이 아니거든요."

엄지 마디만 한 작은 씨앗이지만 어쩐지 하나하나에서 풍겨 오는 기운이 남다르다. 방어막으로 막고 있음에도 여기까지 청량한 박하 향이 났다.

두 마왕은 그것들을 지그시 노려본다. 율법과 물리법칙, 인형과 태엽 장치를 다루는 두 아이의 눈동자는 마치 보석과 같았다.

솜씨 좋은 장인이 필생의 노력을 바쳐서 세공한 보석이
라면 이런 빛을 품을까.

이윽고 둘이 말했다.

"마계의 것이 아니야. 천계의 식물이야."

"공격을 하는 용도는 아니야. 오히려 치료용이군."

"열매가 맺힐까?"

"응, 그런 종류 같아."

둘은 생각에 잠긴다. 이윽고 맏형인 루비가 말했다.

"우리에게 이걸 맡겨서 돌려주지 않으면 어쩔 거야? 이
대로 훔쳐 간다면?"

키르카는 표정 하나 변하지 않고 자애로운 미소 그대로
답했다.

"천계의 식물입니다. 제 지식이 아니면 모종을 만드는
것조차 무리겠죠. 거기다가 그녀가 무기를 만들 때쯤이면
우리의 거래도 끝날 테니 무기와 함께 교환하면 됩니다."

"흐음……."

둘은 똑같은 포즈로 턱을 괴고 생각에 잠긴다. 이런 말을
하면 그들의 광신도들에게는 불경한 말이겠지만, 귀여웠
다.

루비는 별칭대로 붉고 반짝이는 머리카락을 한참이나 갸
우뚱거리며 생각에 잠겨 있고, 사파이어는 푸른 눈동자를

한참이나 굴리며 생각했다.

이윽고 두 사람이 말했다.

"좋아. 그 정도라면 아슬아슬하게 우리가 이득이야."

"우리 엄마가 최고의 무기를 만들어 준다는 게 전제겠지만."

그 말에 다리에 힘이 풀릴 뻔했다. 그래도 일이 끝날 때까지 끝난 게 아니다. 약해지는 모습을 보일 수는 없었다.

리버가 말했다.

"이런 거래는 누나가 처음이자 마지막일 거야."

후우, 죽다 살아난 기분. 아카넬이 내 옆에 섰다.

"계약의 중계는 내가 맡도록 하겠소. 내 권위와 신용에 의심이 가는 자가 있나?"

키르카가 답했다.

"별을 부수는 드래곤이라면 저도 기꺼이 믿을 수 있지요."

"좋아, 우리 둘도 블랙 드래곤 아크란이라면 믿겠어."

쌍둥이는 허락의 의미로 장막을 거둔다.

키르카가 아카넬에게 씨앗을 건넸다.

이것으로 무기를 둘러싼 마왕들의 거래가 시작되었다.

6.

마족들에게도 사학자가 있을까? 그렇다면 이 일이 어떻게 기록이 될까. 그 안에서 나는 어떻게 비춰질까. 적어도 논리나 이성으로는 해석될 수 없으리라.

한 여인이 마계에 끌려와서 도리어 칼을 팔고 돌아오기까지, 그 안의 무수한 굴곡이 어떤 방식으로 표현될지도 모르겠고.

정좌를 하고 천천히 심호흡을 한다. 알테리온식 명상이다. 알테리온 가문의 선조들은 동대륙에서 건너왔다. 그러다 보니 단순히 검술뿐만 아니라 명상법, 호흡법도 서대륙과는 다른 면이 있다.

보통은 전투에 임하기 전에 한번 마음을 가라앉히지만 내 경우에는 조금 다르다.

'무기를 만들기 전.'

그것도 보통 무기가 아닐 때. 한번 망하면 두 번 다시 입수할 수 없는 그런 종류의 재료를 가지고 내 인생 일대의 역작이다 싶은 무기를 만들어야 할 때.

그때는 몸도 마음도 최고의 컨디션으로 임해야 한다.

재료에 따라 땀방울 하나, 담금질 실수 한 번에 변질되는 것들도 있다. 평소보다 잘할 필요는 없다. 그러나 실수는 없어야 한다.

숨을 들이쉬고 가슴 깊숙이 공기를 저장한다. 그리고 다시 내쉰다. 그렇게 반복한다. 내 안을 부유하는 것들을 하나하나 지워 나간다. 오늘 있었던 일들, 청안에 대한 걱정, 내 안위에 대한 걱정, 리버가 했던 말들, 아카넬까지도.

어떤 무기를 만들지는 이미 정했다. 다만 만드는 방법이 괴이할 뿐이다. 잘 만들 수 있을지도 자신이 없다. 과거 심심풀이로 장난삼아 만든 적이 있었는데, 그때는 망해서 용광로에 도로 집어넣었다.

'단조? 주조?'

원래라면 주조다. 그러나 이번에는 두들겨 펴는 방식의 단조로 만들어 볼 생각이다. 리버가 알면 미쳤다고 하겠지.

제조법까지 완전히 정한 후에 나는 팔찌를 뺐다. 내 생각이 리버에게 전달된다. 리버가 말했다.

"누나, 미쳤어?"

그 소리 할 줄 알았다.

"만들면 재미있을 것 같지 않아요?"

"물론 나와 누나가 힘을 합치면 가능이야 하지만, 그런 무기를 진짜 만들 생각이야?"

"단조는 열간 단조로."

열간 단조란 쉽게 말해 금속을 열로 가열한 후 망치로 두들기는 걸 뜻한다. 열간 단조를 받은 금속은 열과 충격으로 조직이 미세화되고, 결과적으로 강도와 인성이 증가된다.

높으신 나리들은 그냥 시키면 뚝딱 나오는 줄 아는데, 보통 장정들도 이거 두 시간만 하면 앓는 소리를 한다. 네 시간을 하면 일주일을 몸져눕고.

나는 이걸 밥도 안 먹고 며칠을 두들겨 봤다. 나중엔 위액 대신 피를 토하게 되더라. 이제는 마물, 인간, 요정, 삼위일체가 된 기이한 몸이니 그래도 일주일은 꼬박 두드릴 수 있지 않을까.

"진짜 일주일 동안 두드릴 거야? 토 안 나와?"

"재미있잖아요."

"궁금해. 누나는 대장장이 안 했으면 뭐 하고 살았을지."

그건 나도 좀 궁금하다. 내 인생에서 칼 빼고 뭐가 남을까. 그때 공방 문이 열리더니 두 쌍둥이 마왕이 들어왔다.

"무기 재료는 전부 창고에 넣어 놨어. 그리고 핵이 될 것도."

두 아이는 뿔 두 개를 내려놓았다. 사슴뿔이었다. 리버는 뿔의 형상을 보고 한눈에 알아보았다.

"전대 마왕의 뿔이네."

"응. 뿔은 마족에게 있어 마력의 정수 같은 거니까. 그리고 심장도."

유리병을 내 앞에 내려놓는다. 커다란 유리병 안에는 심장 하나가 아직도 살아서 뛰고 있었다. 와, 그로테스크하다. 그런데 마족답게 그 안에서 움직이는 마력의 기세가 심상치 않다.

"다른 한쪽은 없어. 우리가 터뜨렸어. 이런 데 쓸 줄 알았다면 살살 죽이는 건데."

"어쩔 수 없었잖아, 루비. 우리는 연약했으니까. 그 커다란 마왕이 얼마나 무서웠는데."

"맞아, 사파이어. 너의 푸른 눈동자를 지킬 수 있다면 뭐든 할 수 있어."

그만해, 이 미친 쌍둥이 놈들아. 의뢰하러 와서 둘만의 세계 같은 거 만들지 말라고.

나는 구태여 둘 사이로 어기적어기적 비집고 들어가 병을 집어 들었다. 리버가 물었다.

"이거 그대로 재료로 쓸 수 있어?"

"뼈나 손톱 같이 단단한 종류의 재질이 아니니 불가능한 건 아닌데 이 정도 힘을 가진 기관을 마력 손상 없이 집어넣으려면 공정이 오래 걸리고 복잡할 거 같아요."

"내가 도울 수 있을 거 같은데?"

리버가 혀를 삐죽 내밀었다.

"으윽, 대가를 더 주진 않을 겁니다."

"알아. 그냥 누나에게 마음의 빚을 좀 지우고 싶다고나 할까?"

어렵다. 리버는 대하기 어려워. 그러나 무기 앞에서 자존심을 세우고 싶지는 않았다. 내 목적은 최고의 무기를 만드는 거니까.

"부탁드려요."

"하하하, 역시 누나라면 그렇게 나올 줄 알았다고. 천하제일의 칼덕후."

"덕후?"

내가 고개를 갸우뚱하자 그가 말했다.

"요즘 젊은이들이 사용하는 단어가 있어. 곱게 자란 누나는 전혀 모를 말이지만."

누가 곱게 자랐다고. 내가 진짜로 곱게 자랐으면 마계에 와서 망치질하고 있겠나. 문득 두 쌍둥이 마왕이 먼 곳을 바라보았다.

"그러면 우린 나갈게. 누구도 이 대장간을 방해하지 못하도록 두 겹, 세 겹 보호막을 칠 거야. 거래가 걸려 있는 거니까 완성될 때까지 나도 키르카도 못 들어와. 심지어 아크란도."

리버가 말했다.

"중립 지역이라는 거네?"

"응. 완벽하게 밀봉할 거야. 그러니 추가로 필요한 재료가 있으면 지금 이야기해야 해. 완성될 때까지 아무도 들어오지 못할 거니까."

나는 고개를 저었다.

"추가로 필요한 건 없어요. 식량이나 좀 더 두고 가세요. 혹시 모르니까."

"알았어. 완성이 되면 무기를 입구 앞에 내려놔. 그걸 확인하고 아크란이 결계를 풀 거야."

별을 부수는 드래곤, 블랙 드래곤 아크란.

대체 그는 마계의 주민들에게 어떤 존재인 걸까. 의구심이 꽃이 되어 피어난다. 나는 억지로 고개를 젓는다. 이 이상은 위험하다. 잡념은 내 손을 흐리게 만든다.

두 마왕이 떠난다. 아카넬의 뒷모습이 보였다. 그는 나를 슬쩍 바라보았다. 그 눈동자가 물방울이 되어 내 마음 약한 부분을 적신다.

'그는 뭘까?'

보호막이 겹겹이 쳐진다. 차원조차 봉인되었는지 세 사람이 보이지 않는다. 펼쳐진 마계의 밤하늘만이 그 자리에 있다. 그저 자세히 봐야만 볼 수 있는 투명한 막만이 여기가 봉인되어 있다는 것을 말해 주고 있다.

그때 리버가 내 목을 꽉 잡아당긴다.

"누나, 집중! 나한테 집중해 줘야지."

지금은 리버가 내 생각을 고스란히 읽을 수 있는 상태다. 귓불까지 피가 몰린다. 나는 억지로 시선을 돌린다.

"리버가 아니라 무기에 집중해야죠."

"그 말이 그 말. 그리고 한 가지 더!"

그가 검지를 들어 내 입술 정중앙을 쿡 누른다.

"이 검이 완성될 때는 누나가 내게만 집중하게 할 거야."

"네?"

"잊었어? 지금 단둘이라고. 세 명의 마왕과 한 명의 드래곤이 만들어 낸 완벽한 격리 공간이야. 그리고 누나는 가끔씩 잊고 있는데 말이야."

그의 동공 안쪽, 보랏빛 꽃이 피어난다. 달뜬 열망을 담아서.

"나도 남자야. 누나."

리버는 어린아이의 모습에서 단숨에 어른의 모습으로 변했다. 눈높이가 높아지자 나도 모르게 뒤로 물러섰다.

"이제야 깨달은 거야?"

그가 내 손목을 잡아당긴다. 그에게 끌려 들어가 키스를 하려는 순간, 힘껏 그의 고간을 차 버렸다.

퍼억!

"!@#$!%^!!!!"

그 순간 내 고간에도 똑같은 고통이 밀려온다.

"@%@$#——!!!!!"

남녀가 동시에 같은 곳을 붙잡고 바닥을 구른다. 하지만 숨도 못 쉴 것 같다. 거시기를 차였다는 게 이토록 죽을 거 같은 일이었을 줄이야. 내게 불알은 없지만 남자의 고통(?)도 같이 느낄 줄은 몰랐다.

'미…… 미안하다.'

내 마음을 읽고 있다면 이 심정 전해지겠지.

7.

어쩔 수 없다. 나도 이러고 싶진 않았다. 그러나 엘에게 숱하게 당해 온 게 있는 터라 나도 모르게 발길질이 나가 버린걸.

'무엇보다 남녀의 성적 긴장감을 넣기에는 눈앞에 있는 과제도 버거워서.'

마계와 마계의 협약 가운데에 내 미래의 무기가 있다. 이게 앞으로 어떻게 사용될지는 모르겠지만 들어가는 재료만 해도 어마어마하다. 실수가 있어서는 안 된다.

그때 리버가 손가락으로 내 이마를 톡 튕겼다.

"바보. 긴장만 해서는 나올 것도 못 나온다고, 누나?"

그는 빙글빙글 웃으며 앞장서서 들어갔다. 그에게서는 우유 냄새와 소독약 냄새가 함께 났다. 어느 게 진짜 그의 향기인지는 모르겠다.

그가 나를 좋아한다는 것조차도 나는 믿을 수가 없다. 그저 운명 공동체이기 때문에, 그저 좀 더 조종하기 쉽기 때문에 하는 걸지도 모른다.

'이 마음도 읽고 있겠지.'

나는 무의식적으로 내 양손을 꽉 붙잡았다. 명치 아래가 꽉 막힌 것처럼 답답했다. 이게 무슨 마음인지는 잘 모르겠다.

요즘 들어 내 평생 겪었던 것보다 더 많은 감정들이 파도치고 있다.

'심호흡, 심호흡.'

마음이 흐리다. 이런 정신으로는 무엇도 이룰 수 없다. 나는 몸도 마음도 오롯이 무기를 위해 존재해야 하는 사람이다. 세수부터 해야겠다. 그리고 모든 것을 잊을 수 있기를.

꽤 오랜 시간 명상을 해야 했다. 망념이 문득문득 치밀어

오르는 바람에 평소보다 버거운 작업이었다. 망각 속에서 누군가가 내게 소리쳤다. 대공의 목소리 같고, 리버의 목소리 같고, 또 내 목소리 같았던 그 외침을 죽인다.

죽이고, 또 죽이고 마침내 시체를 찢어 다시 망각 속에 집어넣는다.

새카만 어둠 아래로 목소리가 멀어진다. 무슨 망념이었는지조차 기억나지 않는다.

평온하고 안온하며 서늘한 명상 속에서 숨을 내쉬고 들이쉬기를 반복한다. 몸 안, 깊숙한 곳까지. 심장부터 손톱 끝까지 신경 다발 하나하나를 점검한다.

척추를 타고 생의 감각이 밀려온다. 욕망이란 떨어지기 직전의 농익은 열매와 같다. 달콤하고 싱그럽지만 앗 하는 사이에 구더기가 끓는다.

과해서는 안 된다. 원하는 만큼만 조금씩 따다 먹어야 한다.

'만들고 싶어.'

지금 나를 지배하는 욕망은 단 하나뿐이다.

창조주로서의 욕망.

'만들 수 있어.'

마지막 숨을 뱉고는 눈꺼풀을 연다. 리버는 화로에 불을 올리고 있었다. 보통이라면 내가 풀무를 밟고 있었겠지만 이번에는 다르다. 리버는 직접 지옥의 불꽃을 소환해서 온도를 올렸다. 리버가 보란 듯이 화로 앞에 물을 뿌린다. 그 순간, 물이 땅에 닿기도 전에 전부 기화되었다. 원래라면 폐까지 타 버려야 할 온도지만 내 몸은 땀 한 방울 흘리지 않고 있다.

"내 보호 마법 덕분이야, 누나."

화로 주변으로 마법진이 떠오른다. 리버가 걸어 놓은 방열 마법이다. 열은 리버가 지정해 놓은 곳에만 전해지고 그 주변은 멀쩡하도록 마법을 걸었다.

볼수록 신기하다.

'쓸모가 많단 말이지.'

이런 것도 할 줄 알고 전설의 흑마법사가 맞긴 한 모양이다.

"아, 누나…… 보통은 아크 리치가 얼마나 강한 파괴 마법을 사용하는지를 보고 힘을 실감한다고. 대장간에서 쓸모 있다고 내 평가를 올리지 마. 나는 산도 날리고 강도 날리고 마계 차원 하나 정도는 뜯어 버릴 수도 있어."

너무 거창해서 실감이 안 난다.

중요한 건 이놈은 매우 쓸모 있다는 거다.

"네 마음대로 생각하세요."

리버는 곧바로 내 마음을 읽더니 한숨을 포옥 내쉬었다.

머릿속에 구멍이 뚫려서 생각이 줄줄 새어 나가는 기분이다.

"그게 얼마나 축복인 건지 누나는 모르지? 세상에서 제대로 누나를 이해할 수 있는 존재가 있는 거라고."

그 안에 있는 사생활이라든가 내 인권 같은 건 무시하고 말이지.

리버는 뾰루퉁하게 뺨을 부풀린다. 리버의 마력에 따라 불꽃은 오렌지에서 푸른빛으로, 마침내 보랏빛으로 변해 간다. 이런 색의 불은 처음이다.

"헬파이어는 꽤 독특한 불이야. 불 자체가 마물이거든. 한번 집어삼킨 불꽃은 타서 없어질 때까지 계속해서 타오르지. 마왕의 뿔을 녹이기에는 이게 적격일 거야."

그 말대로 뿔이 쇳물 속에서 융해되고 있었다. 나는 촉매 역할을 할 달빛 수정을 몇 개 밀어 넣는다. 지상에서도 달빛 수정은 채굴되지만 이 정도로 정순한 물건은 마계에밖에 없다. 최상급 달빛 수정은 같은 무게의 블루 다이아몬드보다도 비싸다. 많은 모험가들이 일확천금을 노리고 마계에 들어오나 하룻밤도 견디지 못하고 목숨을 잃는다. 그렇게 지상에 도착하는 최상급 달빛 수정은 극소수.

'이것도 남으면 좀 얻어 갈 수 없으려나.'

리버가 웃었다.

"도와줘?"

"아뇨. 물건이 마음에 들면 보너스로 부탁해 볼 거예요."

"누나는 좀처럼 의지하려 하질 않네."

이건 내 능력으로 어떻게 해 볼 수 있느냐의 문제니까. 리버가 나를 향해 다가온다. 나도 모르게 뒷걸음질 친다. 그러나 그마저도 벽에 등이 막힌다. 지금은 리버가 나보다 높은 눈높이에서 내려다본다. 내 시야에 그의 목울대가 보인다. 소년의 미소 아랜 남성의 증거가 꿈틀거렸다. 나는 그의 목에서 시선을 떼어 낸다.

"아마 상대가 청안이나 엘이었다면 조금 달랐을까?"

적포돗빛 머리카락이 내 금색 머리칼과 잠시 섞인다. 숨결이 닿았다.

"누나는 내게만은 늘 엄격해."

금방이라도 키스를 할 것만 같았다. 주먹으로 패야 하나 발로 걷어차야 하나 망설이자 그가 큭큭큭 웃었다.

그러고는 내 이마를 손가락으로 쿡 눌렀다.

"너무 엄격해. 심장 뛰는 소리가 여기까지 들리는 주제에."

"네?"

쿵. 쿵. 쿵. 쿵.

그제야 내 가슴에서 나는 소리를 깨달았다. 뛰고 있다고? 고작 이 꼬맹이에게 겁을 먹어서? 긴장해서? 아니면…….

마음을 진정시키기 위해 심호흡을 한다. 리버가 말했다.

"하하하, 거 봐. 이제 남자로 보이지? 내가 이겼네."

하여간! 나는 리버의 명치를 향해 주먹을 날린다. 그 순간 리버가 내 손목을 붙잡았다. 그의 팔에서 나왔다고는 믿기지 않는 힘이었다. 꿈쩍도 하지 않고, 그럼에도 단단하고 부드럽게 내 손목을 거머쥐었다. 그의 손은 핏기 하나 없이 차가웠다.

"이제 못 도망가네."

남자는 소년의 목소리로 속삭였다.

포도주처럼 달고 독한 음색이었다. 오래 들으면 취할 것 같은 목소리.

그가 내 뺨을 쓸었다. 위험신호가 밀려온다. 그의 손이 뺨에서 목으로, 쇄골로 이어진다. 그의 손이 아래로 내려간다. 이 이상은 안 된다. 더 이상은 위험하다.

"윽……."

"입술 깨물지 마. 피 나잖아, 누나."

"이제 재료가 다 녹았을 겁니다. 더 늦어지면 안 돼요."

"거짓말."

"정확하게 시간으로 잴 수는 없지만 그래도 옆에서 지켜
봐야 한다고요."

"또 도망치는 거야?"

이렇게 연애놀음 할 시간 같은 건 없다. 나는 만들어야
해. 최고의 철을, 최고의 금속을, 열화 속에서 피어나는 무
기를.

한 순간의 충동으로 일을 망치고 싶진 않았다.

"칼덕후."

"그렇게 말씀하셔도 달리 할 말은 없습니다만."

"역시 너무 엄격해. 누나는…… 진심으로 누군가에게 빠
져 보고 싶다고 바란 적 없어?"

"네. 칼이라면 늘 빠져 살죠."

"사람은?"

없다. 내가 대답도 하기 전에 리버가 말했다.

"거짓말."

"제 마음을 읽고 있다면 거짓이 아닌 걸 알 텐데요."

"거짓말쟁이야. 누나는."

끓는 소리가 들린다. 완전히 융해된 모양이다. 이제 제대
로 틀에 붓지 않으면 늦는다.

"돌아가야 해요."

"싫어."

"망칠 셈입니까?"

"키스해 줘."

그의 말에 나도 모르게 눈이 커진다. 리버는 어린아이의 억양으로 사내의 정염을 담아 요구했다.

"해 줄 때까지 안 벗어나. 진심이야."

나도 모르게 다시 입술을 깨물었다. 쇳물은 계속해서 끓는 소리를 내고 있고, 나를 기다리고 있다. 직접 봐야 알겠지만 이제 정말 타이밍이 아슬아슬할 거다.

"이게 얼마나 중요한 일인지 아시잖아요."

"알고 있어. 두 개의 마계가 달린 일이지."

그는 움직이지 않았다. 이 남자를 때리고 싶다는 마음과 물어뜯고 싶다는 충동이 함께 들었다. 나는 결국 다른 손으로 그의 뺨을 붙잡았다. 그러고는 발뒤꿈치를 조금 들어 입을 맞추었다. 고작 키스다. 인체의 같은 부위가 서로 닿는 아무것도 아닌 행위다.

망설임을 담아 짧게 입술을 머금었다. 그가 기다렸다는 듯 더욱 깊이 나를 머금는다. 그의 혀가 입천장에 닿았다. 처음 느껴 보는 찌릿한 감각에 솜털이 곤두선다.

그 순간 이를 세워 그의 혀를 씹었다. 그의 혀에서 피가 흘러나온다. 사람의 피 맛은 아니었다. 그것보다는 더 달고 어두운 맛. 피를 삼키지 않고 입 밖으로 흘려보냈다. 입술을 타고 까만 액체가 선을 그린다.

명백한 거부 의사에 그가 그제야 입술을 뗀다.

"정말 엄격하단 말이야."

"……."

"약속은 약속이니까."

그는 나를 풀어 주었다. 나는 용광로를 향해 성큼성큼 걸어갔다. 다리가 풀릴 것 같았지만 약한 모습을 보이고 싶진 않았다.

'하여간 진짜…….'

나는 쇳물을 내려다보다 말고 돌아와 리버의 정강이를 퍽 걷어차 줬다. 이건 또 순순히 맞아 준다.

"으앗! 누나!"

아프냐? 내 정강이도 아프다.

의뭉스러운 저 꼬맹이를 보고 있자니 또 기분이 나빠져서 그의 다리를 몇 번이나 더 차 줬다. 아프다. 자학하는 기분이다.

'빌어먹을 운명 공동체.'

부정하고 싶지만 아까 나는 이상한 감정을 느꼈다. 아카넬에게서 느꼈던 것과는 다른 형태의 감정이었다. 그게 무엇인지 알 수 없었지만, 빠져들면 안 좋을 것 같다는 생각이 들었다.

그래서 더욱더 그를 찼다.

리버는 아프다며 신음을 뱉었지만 입꼬리는 웃고 있었다.

'나한테 무슨 짓을 한 거야!'

이 와중에도 면상 하난 잘생겼다는 게 더 짜증 나!

이래 놓고 누나라고 부를 거지!

"응, 누나♡"

소년의 탈을 쓴 사내는 애교를 한껏 담아 대답했다.

심장이 터질 것만 같았다.

미치겠다.

8.

다행히 쇳물 색을 보니 타이밍은 늦지 않았다. 나는 쇳물을 네모판 틀에 부어서 철판지를 만든다. 가로세로 10미터가 넘는 넓이다. 넓이가 넓이다 보니 대장간 앞마당에서 굳혀야 했다. 형태가 고정되었을 즈음, 리버가 철판지 모서리에 룬문자를 박는다.

축소 마법이 발동되며 철판지가 내 팔 정도의 크기로 줄어들었다. 집어 드니 무게가 어마어마하다.

"질량은 어떻게 안 됩니까?"

"그건 별도의 마법을 걸어야 하는데 복잡해. 지금 과정에서 할 수 있는 것도 아니고."

와, 무겁다. 그래도…….

'하는 수밖에 없나.'

나는 팔에 마력을 보낸다. 인간을 뛰어넘는 육체 능력이란 이렇게 편하다. 옛날이라면 이걸 들고 대장간까지 옮기는 것만으로도 버거웠을 거다. 그러나 이제는 단순히 이걸 옮기는 게 문제가 아니라 하루 종일 담금질할 수도 있다. 대신에 완성하고 나면 또다시 앓아눕겠지만.

나는 이걸 불 속에 집어넣어 가열시킨다.

보라색 화염이 철판을 시뻘겋게 달군다. 나는 그것을 집게로 꺼내서 모루 위에 내려놓고는 망치로 힘껏 내리친다.

까앙!

망치가 달군 철과 부딪치며 별을 뿌린다.

이 열기가 심장을, 내 피를 뛰게 만든다.

'그래. 이거야, 이거.'

이걸 원했다. 내가 가장 좋아하는 순간.

까앙, 까각, 까앙, 까각—

숙련된 대장장이일수록 망치질이 좋은 박자를 그린다. 강하게 두드리고 약하게 두드리고 다시 강하게!

적당한 시기가 되었다는 확신이 들자 냉각시킨다. 냉각수도 그냥 냉각수가 아니다. 녹지 않는 얼음이라는 만년설석을 집어넣었다. 만 년 동안 얼음이 녹지도 않고 압력과 마력을 받게 되면 생기는 보석이다. 극지방에서 가끔 발견되는 보석으로, 이 정도 크기는 마계에밖에 없다. 열을 흡수하고 냉기를 방출하는 성질이 있다.

그걸 냉각수에 집어넣었는데 넣자마자 냉각수가 끓어오른다.

"우와!"

그래도 아까처럼 닿자마자 증기가 되어 날아가진 않는다.

식은 철을 화로 속에 집어넣어 한참을 가열시키고는 다시 꺼낸다. 그러고는 철을 반으로 접는다. 그리고 원래 크기로 늘어날 때까지 다시 두드린다.

"노가다 쩐다, 누나."

원래 대장간 일이 그렇습니다. 괜히 막노동이 아니지요.

높으신 마법사님들이야 뿅뿅 마법 쓰는 게 일이시지만 이런 건 사람 손으로 하는 수밖에 없어서요.

"대체 왜 누나는 이 일을 좋아하는 거야? 힘들잖아. 세상에 재미있는 일이 얼마나 많은데."

그러게 말이다. 나는 대답 대신 망치질을 반복한다.

내 평생 가장 많이 하는 고민이 바로 이거다.

대체 왜 나는 이 일을 좋아하는 걸까.

만약 내 취미가 십자수나 뜨개질이었다면 내 미래는 많이 달라졌을 거다. 물론 종목이 다르다고 천성이 바뀌는 건 아니니까 십자수와 뜨개질의 대가를 노리고 있겠지. 그러나 그렇다고 마계에 강제 출장이라고 쓰고 납치라고 읽는 행위를 당하진 않았을 거다.

기껏해야 귀족가의 숨은 명품 정도나 됐겠지.

'그리고 엄마와 그렇게 싸울 필요도 없었을 거고.'

우리는 좀 더 온화한 관계가 되었을 거다. 십자수와 뜨개질은 정숙한 귀부인으로서 갖춰야 할 덕목 중의 하나니까.

'서로 상처 주는 말도 할 필요 없었을 거고.'

내 안에는 아직도 엄마가 했던 말들이, 행동들이 켜켜이 남아 있다. 카녹에게는 모두 잊었노라 웃었지만 거짓말이었다.

어릴 때부터 들어 왔고 자라면서 들어 온 나를 부정하는 말들이 압정이 되어 굴러다니고 있다.

가끔은 심장을 찌르고, 가끔은 아무렇지도 않게 그 자리에 있기도 하다.

당신도 마찬가질 거다. 내가 했던 말들, 당신을 부정해 온 말들, 당신을 증오하는 말들, 당신처럼 살지 않겠노라

했던 그 말들이 압정이 되어 남아 있겠지.

'어째서 엄마와 딸은 이다지도 어려운 걸까.'

이 세상의 모든 엄마와 모든 딸이 그렇듯 우리는 반목하고 증오하며 사랑한다.

딸은 엄마처럼 늙지 않겠노라 맹세하며, 엄마는 그런 제 딸을 보며 모정의 족쇄를 느낀다.

나와 엄마의 관계가 다른 모녀들보다 특별한 건 아니다. 그러나 그 갈등이 좀 더 또렷하게 드러난다고는 할 수 있겠다.

'거기다 둘 다 성격이 불같으니까.'

엄마도 나도.

리버는 그런 내 마음을 음미하듯 눈을 감는다.

팔찌를 벗은 이상 우리에게 말은 그리 중요하지 않다. 그래도 구태여 입 밖으로 말을 하게 되는 이유는 뭘까.

"그러게요. 왜 나는 이걸 좋아하게 됐을까요."

좀 더 편한 일도 많았을 텐데. 리버가 말했다.

"사랑이랑 비슷한 거겠지. 인간들은 늘 그렇잖아. '내가 왜 저놈과 결혼하게 되었을까.', '내가 왜 저 사람을 좋아하게 돼 버린 걸까.' 하고."

그것도 그렇다.

어떻게 보면 좋아한다는 감정, 사랑한다는 마음은 의지

로 되는 게 아닌 모양이다.

"누나가 나한테 두근거렸던 것도 그런 거 아닐까?"

윽, 망할 새끼 리치 같으니라고.

"이젠 솔직해져도 좋지 않아? 어차피 우린 운명 공동체고 말이야. 차라리 나를 택하는 게 누나에게 더 좋은 결정이라고."

듣지 말자. 듣지 말자.

"나 정도면 강하지, 돈 많지, 잘생겼지, 최고의 신랑감 아닌가? 거기다 밤일도 잘하지."

"아, 좀!"

"누구와도 결혼하지 않을 거야?"

"그냥 혼자 살게 놔두시죠."

말을 하면서도 망치는 조금도 늦추지 않는다.

단조하면서 깨달았는데 나 꽤나 실력이 늘었다. 물론 육체가 강해진 탓도 있겠지만, 이런 대화를 하면서도 망치질이 조금도 흐트러지는 법이 없었다. 정확한 온도로 달구고, 정확한 타이밍으로 반복해서 친다. 그리고 쇠를 접고 다시 두드리고 냉각시킨다.

입은 다른 이야기를 하고 있지만 몸은 기계적으로 움직인다. 이 일련의 과정이 마치 숨 쉬듯이 이뤄지고 있었다.

'와, 이 정도면 꽤…….'

절정에 이른 대가들의 경지다.

달빛 모루족 분들도 그랬다. 말은 쉴 새 없이 하면서 망치는 늦춘 적이 없었다.

그게 신기했다. 보통이라면 말은커녕 망치 몇 번 휘두르는 걸로 입에 단내가 날 정도로 힘든 일인데 말이다. 집중력과 체력, 근력 모두 필요한 일이다.

'이 나이에 이 정도 경지면 나도 상당한걸.'

보통은 10년차부터 올라가는 경지다.

그쯤 되면 육체적 능력과 기술의 원숙함이 맞물리는 때니까. 몸이 돼도 기술이 안 될 때와, 기술은 원숙해져도 몸이 안 따라 줄 때. 딱 이 사이에 껴 있는 시기다.

'그래서 드워프나 신수들이 부럽지.'

드워프야 인간보다 몇 배는 더 오래 사는 사람들이니 이 시기가 엄청나게 길고, 신수 역시 마찬가지다. 두 종족 모두 육체적인 능력은 말할 것도 없고.

나는 육체가 인간의 한계를 뛰어넘었다고는 해도 기술의 원숙함이 따를 수 있는 나이가 아니다. 그런데 해냈다. 하고 있다.

'역시 난 천잰가 봐.'

"누난 내 말 전혀 안 듣고 있지?"

"리버, 난 역시 천재인가 봐요."

"또 자기만의 세계에 틀어박혀 있네."

뭐, 왜? 이 세상에 이거보다 중요한 게 어디 있다고.

나는 그렇게 자화자찬하며 다시 철을 접고 두드렸다.

탕, 타앙, 탕!

9.

얼마나 두드린 걸까. 또 얼마나 접은 걸까. 모르겠다. 원래라면 접쇠를 사용할 필요 없다. 질 좋은 철이 있고 충분한 불이 있으니까. 그러나 마왕의 뿔과 지옥 흑철은 엄연히 서로 다른 성질의 금속이다.

좀 더 균일하고 완벽한 결합을 위해 포개서 접고, 접고, 접고, 다시 두드리면서 고르게 만들어야 한다. 리버가 말했다.

"그래도 주조를 하려면 할 수 있었잖아. 키르카의 무기도 그렇게 만들었으면서."

그건 그렇다. 그래, 솔직해지자.

"한 번쯤 불편하고 힘든 작업을 해 보고 싶었어요. 좀 더 나은 점이 있어서 해 보고 싶었던 거죠, 뭐. 거기다 이 육신이 어디까지 갈지 실험해 보고 싶었고."

"그래서 어때?"

폐가 터질 것 같다. 숨을 쉴 때마다 땀이 증기가 되어 올라간다. 리버의 방열 마법도 슬슬 한계인 모양이다. 주인의 의지를 벗어나서 심장이 터질 것처럼 맥동한다.

"좋은 느낌."

나는 힘껏 웃어 보였다.

최고의 무기를 만들 수 있을 거다. 두 꼬맹이가 스스로를 지킬 무기를 만들 수 있을 거다.

한순간, 내 망치에서 푸른빛이 일어나기 시작했다.

이게 무엇인지 인식도 하기 전에 내 팔은 철을 내리친다. 수천 번, 수만 번 반복해 왔던 그 행동을 아득한 무아(無我) 속에서 이룬다.

탕!

푸른 불꽃이 피어오른다. 귀화(鬼火) 같다. 내리치는 순간 망치 아래로 육각형의 별이 피어났다.

"어?"

'이게 뭐지?'라고 생각하기도 전에 내 몸은 심장 박동에 맞춰 계속해서 망치를 내려친다.

탕, 타당, 탕!

망치가 철을 때릴 때마다 별 문양이 떠오른다. 설마하니 흠집인가 싶었는데 아니다. 달궈진 철 위로 푸른빛이 돌 뿐이다. 리버도 놀라서 말을 멈춘다.

"이게 뭐죠?"

"몰라. 강력한 마력이 검에 맺히기 시작했다는 것 외에는 알 수가 없어. 누나가 사용했던 염원과 같은 능력 같아."

푸른 귀화를 바라보다가 문득 생각난다. 이건 내 몸에 맺혔던 그 빛과 같은 빛이었다. 내가 '최초의 물'과 동조했을 때 이런 빛이 내 몸을 감쌌다.

재료를 망칠 수 있다는 걱정은 들었다. 그러나 멈추고 싶지는 않았다. 지금을 놓치면 두 번 다시 이 감각을 되돌릴 수 없다는 절박함이 가득했다.

나는 계속해서 두드리고 접었다. 철 위로 푸른 별빛이 아로새겨진다. 바야흐로 새로운 경지였다. 그 어떤 인간 대장장이도 가지 못한 경지.

소수의 신수들이 담는다는 염원의 능력을 뛰어넘는 무언가의 깨달음이 뇌리를 강타한다.

철의 목소리가 들린다. 더 맑은 소리를 찾아 나는 계속해서 두드렸다.

그때 최초의 물이 내게 노래를 불렀다. 내 몸 신경 하나하나를 찢었던 그 노랫소리가 자장가가 되어 나를 울린다. 나는 나를 잊었다. 철을 잊었다. 망치를 들고 있다는 사실조차 잊었다.

노래와 심장 소리만이 별이 되어 맺혔다.

10.

리버는 경의를 담아 한 소녀를 바라본다.

"칼을 저렇게 익히면 천재가 되었을 텐데."

소녀는 계속해서 망치를 휘둘렀다. 아직 여성이 되지 못한 미성숙한 목덜미 아래로 땀이 흘러내리다가 증발한다. 푸른빛이 그녀의 망치를 따라 별이 되어 맺혔다.

'진짜 마법(Real Magic).'

다른 말로 '기적'이라고도 부른다. 원리는 검기와 비슷하다. 수식을 세우고 주문을 외워 마력을 정렬시키는 마법과 달리, 검기는 순수한 인간의 의지로 발현된다. 몸 안에 있는 마력을 그저 베겠다는 단순한 의지로 집약시키는 게 바로 검기. 마법보다 투박하지만 그것은 너무나도 쉽게 마법을 벤다.

용언과도 비슷하다.

그저 하겠다, 하고 싶다는 의지만으로도 세계는 그들의 언어에 동조한다.

인간은 백 년도 되지 않는 수명을 가지고도 미약하게나마 용언의 잔재를 검에 담아 재현한다. 순수한 의지만을 담아서.

탕, 타앙, 타닥, 타앙!

카이의 의지가 망치에 깃든다. 그 안에 순수한 물의 마력이 함께 동조한다.

태초의 물이 그녀와 동화했다는 기억을 읽었을 때 리버는 경악을 감추질 못했다. 신수들 중에 철과 감응하여 무기를 만드는 종족들은 종종 있었다. 그러나 누구도 응용력에 있어서만큼은 이 소녀를 뛰어넘지 못했다.

그녀는 '철의 목소리'라고 말했다. 목소리가 들린다고, 속삭임이 들린다고.

끓어오르는 쇳물 속에서, 굳히기 직전의 물렁쇠에서, 그들의 말이 들린다고 했다. 모루 위에서 망치에 두드려 맞으며 끝없이 가열되고 냉각되어 가는 그 과정 속에서 철의 메아리가 들린다 했다.

다른 이가 했다면 리버는 턱을 괴고 '저 인간 감수성이 넘치는구만.' 하고 그냥 지나갔을 거다. 그러나 카이의 마음을, 카이가 듣는 소리를 리버도 듣고 있다.

그녀는 생을 철에 쏟아부었다.

리버가 말했다.

"누나가 나를 만나지 않았다면 누나는 서른도 되지 않아 죽었을 거야. 인간이 하나의 생에서 발산할 수 있는 에너지는 정해져 있으니까."

그런 사람들이 있다. 태어날 때부터 성냥과 같은 운명을 받은 사람들.

천재적인 작곡을 하고는 단명하는 음악가나 누구보다 뛰어난 그림을 남기지만 역시나 서른을 못 넘기는 사람들이 있다.

리버는 그런 자들을 많이 보아 왔고 사랑해 왔다. 가끔은 수명이나 소중한 것을 건 거래에 응해 소원을 들어줄 때도 있었다.

'인간의 육신으로는 이 과정을 버티지 못해, 누나. 누나는 이미 대장장이들이 평생을 걸고 만들었어야 할 걸작을 몇 개나 뽑아내고 있으니까.'

길이길이 칭송받으라, 알테리온 가문의 황금 모루여.

그녀는 무엇을 남기게 될까.

리버는 숨도 쉬지 않고 그녀의 작업을 지켜본다.

11.

얼마나 접고 두드렸을까. 두 개의 철이 완벽하게 동화되었다는 생각이 들자 나는 모양을 만들기 시작했다. 망치로 두들겨 모양을 만드는 일은 몇 번 있었지만, 지금 내가 만들려는 건 완벽한 원반이다. 길게 만든 물렁쇠의 끝과 끝을 휘어서 붙인 다음 다시 망치로 두드려 납작하게 펴기 시작했다.

원반이다. 내가 만들려는 건 차크람, 고리 형태의 칼날 무기다.

원래라면 암살자들이 사용하는 무기지만 이 꼬마 마왕들의 요구가 기이했다.

'무기도 되고 반지도 되었으면 좋겠어. 우리 두
사람의 인연을 느낄 수 있게.'
'재미있었으면 좋겠어. 평범한 무기는 싫어.'

마왕 놈들은 왜 이렇게 하나같이 괴팍한 요구만 하는 건지 모르겠다.

됐고, 가장 강한 거 아무 거나 내놔 봐. 이런 요구를 했다면 훨씬 편했을 텐데.

리버가 말했다.

"희한하네. 아무리 가열된 철을 두드린다고 해도 이런

완벽한 원이 나오진 않을뿐더러 끊어지거나 강도가 약해지기 십상인데 어떻게 누나는 이게 가능하지?"

"달빛 모루족한테 배운 기술이에요. 철의 소리를 듣고 마력을 담아서 두드리는 게 핵심인데, 사실 반쯤은 감각으로 하는 거예요. 배울 때도 '적당히 불 오르면 적당히 두드려 붙이거라.' 라고 했는걸요."

"그런 거 정말 싫어."

리버는 살짝 이마를 찌푸린다. 리버야 1초를 60개로 나누어서 주문에 활용하는 마법사지만, 글쎄다. 이런 건 정말 감각으로 한다.

알타미르 마법 연구소나 연금술사의 공방에서야 불의 온도를 재고 철의 밀도를 측정하지만, 평범한 대장간에는 그런 시설이 있을 리도 없다. 그런 걸 계산해서 칼을 만드는 사람도 없고.

'눈으로 보고, 소리로 듣고, 피부로 느끼지.'

그게 우리가 하는 일이다. 리버가 턱을 괴며 말했다.

"신기하단 말이야. 이론적으로 보면 철에 손상이 가야 맞는데 한 번 두드릴 때마다 정확하게 자리를 찾아 가네."

이론 같은 건 나도 잘 모른다. 배운 대로 하는 것뿐이지.

완벽하게 고리를 만들고는 원에 가깝게 다시 두드린다. 그러고는 납작하게 펴기를 수차례.

드디어 내가 원하는 모양이 완성된다.

나는 망치를 내려놓고는 집게로 들고 밖으로 나왔다.

"리버."

"잠시만."

냉각되면 두 번 다시 이런 기회는 오지 않는다. 한 번에 절단해야 한다.

리버는 철에 걸어 놓은 주문을 해제한다. 룬문자가 사라지면서 거대한 형태의 원반으로 돌아온다. 나는 집게를 놓았고, 그것이 땅에 닿기도 전에 리버가 주문을 외운다.

강한 어둠의 마력이 원반의 옆면을 정확하게 가른다.

서컹!

하나의 고리는 두 개의 얇은 원판이 되었다.

"원래는 마왕 목 따려고 만든 주문인데 말이야."

"그⋯⋯런 거 같네요. 이렇게 단숨에 자를 줄은 상상도 못 했어요. 아니 그 전에, 마왕의 뼈로 만든 합금 아닙니까. 아무리 가열된 상태라고 해도 보통 마법으로 자를 수 있는 게 아닌데."

마치 손날로 유리병 목을 따는 것과 비슷하다. 어설프게 후려치면 유리가 통째로 깨지지 목만 잘려 나가질 않는다.

완벽한 힘과 속도로 후려쳐야만 '잘린다.'

이것도 비슷한 원리다.

이 철을 부술 정도가 아닌, 아득하게 강한 파괴력으로 잘라 내야 한다는 거다.

리버는 원반에 도로 축소 마법을 걸었다.

"냉각하고 마무리 작업까지 하고 나면 아무리 나라고 해도 이걸 베지는 못할 거야."

그렇긴 할 거다. 나는 냉각수에 두 원반을 집어넣는 대신 리버가 미리 녹여 놓은 마법 약품 안에 담갔다가 뺐다.

"신기하네. 대장장이들은 새로운 기술 도입하는 걸 별로 안 좋아하는 걸로 알고 있는데."

달빛 모루족을 생각해도 꽤 보수적이긴 하지.

그동안 대를 이어 아득하게 해 왔던 방식이 있고, 그 방식이 좋다는 것은 그 시간 동안 증명된 사실이다. 그러니 이제 와서 잘 모르는 기술을 도입해 모험을 하고 싶지 않을 테니까.

"저는 별로 상관없어요."

"하긴 그런 걸 신경 썼다면 누나는 이미 시집갔겠지."

아, 좀! 그 이야기는 그만 좀 했으면 좋겠다.

"결혼이 인생의 모든 걸 결정짓는 게 당연한 시대니까요."

"그거야 어쩔 수 없지. 성전에도 남자가 밭일을 하고 여자가 집에서 애를 보는 게 신이 내린 원칙이라고 하니까."

그래서 내가 신전을 별로 좋아하질 않는다.

신이 존재하는 건 알고 있다. 신성력도 실재하고 신탁도 내려오니까. 하지만 그 신이 정말로 여자는 아이를 낳기 위해 존재한다고 정했다면, 왜 내게 이런 힘을 내려준 걸까.

'엄마는 나를 시험에 들게 하기 위해서라고 했지.'

그건 아닌 것 같다.

고작 계집애 하나를 시험에 들게 하자고 이런 능력과 재능을 줄 정도로 신이라는 존재가 한가한 것 같진 않다.

나는 망치를 내려놓았다. 시약과 함께 금속이 완전히 식을 때까지 기다려야 한다.

그 생각을 끝으로 잠이 쏟아졌다.

'침대까지는 가야 하는데.'

리버가 나를 부축했다.

"그냥 자. 누나는 이미 체력을 한계까지 써 버린 지 오래니까."

"네?"

"며칠이나 지났을 거 같아?"

"반나……절?"

내 대답에 리버는 뭐가 그리 재미있는지 한참을 웃었다.

리버가 나를 향해 주문을 외웠다. 수면 마법이다.

나는 그렇게 눈을 감았다.

문득 이렇게 자 버리면 리버가 내 몸을 마음대로 할지도 모른다는 걱정이 들었다. 그러나 의식이 꺼진다.

그를 믿는 수밖에.

12.

푸르게 타오르던 한 쌍의 별이 천천히 점멸한다. 리버는 꺼져 가는 소녀의 눈동자를 내려다본다. 마치 죽어 가는 행성처럼 소녀는 눈을 감는다.

"누나는 남자에게 너무 무방비해."

대장간 안에서는 괴물 여황제처럼 굴다가도 정작 이런 부분에서는 실수를 한다.

"아니면 내가 남자로 보이지 않는 건지."

거기까지 생각을 하니 주체할 수 없을 만큼 위가 쓰려 온다.

'대공 앞에서는 이렇게 쉽게 마음을 놓았을까? 엘 앞에 서라면?'

하고 싶지 않아도 추악한 감정이 하나하나 되묻는다. 그는 언제나 정점이어야 했고 정점인 게 맞았다. 그는 인간의 몸으로 신의 자리를 넘본 자이며, 악의 끝을 본 자다.

대마왕, 대악당, 대마두.

이제는 너무 오래된 일이라 기억하고 있는 필멸자들도 거의 없지만, 그가 연구실 밖으로 나가는 날은 인세에 지옥이 펼쳐지는 날이었다. 도시를 점령하고 왕국을 멸망시켰다.

엘프와 드워프는 그를 죽이기 위해 손을 잡았고, 신들은 그를 무찌르기 위해 용사를 불러 직접 신탁을 내렸다. 가끔은 다른 차원의 존재를 소환해서 그를 무찌르라 시키기도 했다.

'그런 나를 두고 대체 왜…….'

과거의 악명이라도 알려주면 조금이라도 경계를 해 줄까.

그래 봤자 동화 속 이야기 듣듯이 턱 괴고 흘려들을 것 같다. 인간들은 이게 문제다. 너무 쉽게 잊고, 쉽게 죽어 버린다. 남겨지는 거라고는 노래와 글 정도.

그마저도 시간과 시간을 지나며 노랗게 빛을 잃는다.

"그래도 미남이라고 생각해 줘서 고마워, 누나. 하긴 내가 좀 잘생기긴 했지. 나처럼 위험한 분위기를 풍기는 초절미소년을 싫어할 수 있는 여자가 누가 있겠어."

대악당은 소녀를 향해 자뻑을 하고 만다.

그게 또 우스워서 리버는 쓰게 웃었다. 과거의 자신으로 돌아가고 싶지는 않았다. 그녀를 통해 새로운 인생을 얻었으니 새로운 삶을 살아가고 싶다. 그렇게 만들어 준 장본인에게 나름대로 감정을 표시하고 있지만, 그녀의 경계가 쉽게 풀리질 않는다.

'이해는 간다만.'

타의에 의해 목숨을 공유당했다. 마음을 읽히고 고통마저도 함께다.

'알고는 있다만.'

왕국을 점령하는 것보다 사람의 마음 하나 사로잡는 게 더 어렵다는 게 우습다.

그는 간이침대에 카이를 눕힌다.

그녀의 머리카락을 한참을 쓸었다.

야한 장난을 치고 싶었지만 정작 당사자가 시체처럼 자고 있는데 무슨 재미가 있을까.

리버는 마왕의 심장이 든 병을 꺼냈다. 병 안에서는 심장이 여전히 뛰고 있었다. 작게 주문을 외우자 리버의 손끝으로 수백 개의 기하학적인 도형이 떠오른다. 그러고는 마왕의 심장을 감싸고 안으로 안으로 압축하기 시작한다.

단 한 방울의 힘도 밖으로 새어 나가지 않도록.

별의 내부와 맞먹는 압력이 소년의 손끝에서 이루어진다.

그그그—

마침내 심장의 모습이 변형되기 시작했다. 열과 압력이
계속해서 압축되고 압축되고 압축되기를 반복한다. 원래라
면 마왕을 봉인할 때 쓰려고 했던 기술이다. 마왕 하나를
잡으면 그 뼈와 살점, 피 한 방울까지도 훌륭한 연구 재료
가 될 테니까.

마침내 그것은 변형을 거듭하다가 붉은 보석으로 변한
다.

리버가 주문도 없이 손가락을 털자 보석이 정확히 절반
으로 갈라진다.

마치 처음부터 이런 모양으로 만들어진 것처럼 절단면에
는 조금의 흠집도 없었다.

리버는 보석을 병 안에 도로 집어넣는다. 그러고는 카이
의 이마에 키스했다.

"고마운 줄 알아, 누나. 누나를 이만큼 서포트해 줄 수
있는 사람이 또 누가 있다고 생각해?"

당사자는 여전히 꿈을 꾸고 있다.

13.

천천히 잠이 풀린다. 이불 속에 몸을 파묻은 채로 이렇게 영원히 잘 수 있다면 얼마나 좋을까. 따뜻하고 기분 좋았다. 어디선가 향기가 났다. 향초에서 나는 인공적인 향이었다. 그러나 그럼에도 그리 거슬리지 않은 것은 향기 자체가 경박함 없이 단아했기 때문이다.

옛날 번개 맞은 나무에서도 이런 향기가 났다.

다 타고 밑동만 남았는데도 그 향만은 마당에 오래 남았다. 향나무였는지 목련이었는지는 기억나지 않는다. 과실수가 아닌 것은 확실했다.

내가 좀 더 컸더라면 그 나무로 칼 손잡이를 만들었으리라. 그러나 그때는 너무 어렸고, 아직 엄마를 많이 무서워하던 시절이었다.

그 나무는 마법사들이 사 갔다. 번개 맞은 나무는 독특한 마력이 담겨 있다고 했기에, 그 나무를 백 그루는 새로 심을 돈을 받았다.

잔뿌리 하나까지 뽑아 갔지만 그 자리에는 오래오래 향기가 남아 있었다.

'그 나무는 어떻게 되었을까.'

그 향기를 맡고 있으면 어쩐지 보호받고 있다는 기분이 들었다.

눈꺼풀을 열었다. 머릿속이 개운해서 별로 힘들지는 않

았다.

몸을 일으키려는데 묵직한 감각이 느껴졌다. 크고 단단한 사내의 팔이 나를 감싸 안고 있었다. 규칙적인 숨소리가 들렸다.

눈만 돌려 보니 리버였다. 그는 내 뒷머리에 얼굴을 파묻고는 자고 있었다.

'아크 리치도 잠을 자는구나.'

생각해 보면 당연하긴 하다. 드래곤도 잠은 자니까. 그것도 한번 크게 잠들면 수백 년은 잠들지 않던가.

몸을 일으키려는데 그의 팔이 나를 품에 감고 놓아 주질 않는다.

'깨워야…… 하나?'

내가 자고 있는 동안 고생해 준 걸 생각하면 수면을 방해하고 싶지 않았다. 그래서 그의 팔을 조심스럽게 들어 올리고 빠져나온다. 침대에서 일어나려는 순간, 그가 내 손목을 붙잡아 자신의 품속으로 강하게 당긴다.

'윽!'

뒤에서 껴안기는 게 아니라 앞에서 안기는 자세다.

'곤란해. 곤란해.'

그의 품속에서 나는 다시 꿈지럭거린다. 어떻게든 나와야 한다. 그리고 이 어색한 시간이 아무렇지도 않은 양 행동해야 한다.

아무리 힘을 줘 봐도 그의 팔이 내 등을 끌어안고 놓아주질 않는다.

'역시 깨워야겠지.'

"리버?"

"……."

대답이 없다. 나는 그의 뺨을 톡톡 치며 다시 깨워 본다.

"리버, 일어나요."

그는 뒤척이며 나를 품으로 더욱 집어넣는다. 그의 목선이 내 시야에 가득 찬다.

'나, 남자는 남자구나.'

문득 옷을 입었어야 하는 곳에서 살과 살이 닿는 감촉이 느껴졌다. 깜짝 놀라 아래를 내려다보니 속옷 차림이다.

나는 여태 속옷 차림으로 자고 있었던 거다. 그것도 외간 남자에게 안겨서!

아무리 우리가 운명 공동체라고는 해도 이건 너무하지 않나!

"!@#!%%!#%!!!!!!!!!!!!"

이제는 배려고 나발이고 없다. 리버의 멱살을 붙잡고 털려다가 뭔가 이상하다는 생각이 들었다.

'위, 윗옷…… 안 입고 있어!'

바지 한 장만 입고 있다.

창백한 몸 위에는 문신이 꿈틀거린다.

'의, 의외로 몸매가 좋…… 아니, 그게 아니지. 이놈이 내 옷을 벗긴 거잖아!'

나는 리버의 어깨를 붙잡다가 흔들었다.

"일어나, 당장 일어나십시오!"

그제야 리버가 눈을 가늘게 뜬다. 그러고는 내 입술에 베이비 키스를 쪽 했다.

"누나, 좋은 아침." 그러고는 내 브래지어를 바라보고는 방긋 웃었다. "오늘도 좋은 가슴."

"누, 누가 좋은 가슴이야아앗! 이 변태 아크 리치이이이이!"

빠아아악!

최대 출력으로 그의 턱을 갈겼다. 그의 몸이 저만치 날아가서 굴렀다. 아프냐? 나도 아프다. 똑같은 충격으로 얼얼해. 하지만 너 죽고 나 죽자.

"이, 이게 무슨 짓입니까! 자는 여자의 옷을 벗기다니요! 불한당아!"

"누나가 밤새 열이 난 걸 어떡하라고. 땀은 계속 흘리지, 이곳에는 약도 없지. 갈아입을 옷도 없고. 속옷 내버려 둔 것만으로도 감사해!"

진짠가 싶어서 내 브래지어 냄새를 맡아 봤다. 과연 어마어마한 악취가 밀려온다. 이게 다 땀이란 말이야?

리버가 억울하다는 듯 말했다.

"누나는 회복 마법도 안 듣잖아? 열 안 내리면 큰일 날 뻔했다고. 그렇다고 사람을 상대로 냉각 마법을 쓰자니 누나의 몸에 부담이 갈까 걱정도 되고. 그냥 죽게 내버려 둬?"

그, 그런 건가.

리버는 엄청나게 억울한 표정으로 말했다.

"세상에, 어쩜 누나 이럴 수 있어. 나는 누나를 위해 의식 없는 내내 간호했는데. 거기다가 마왕의 심장도 제대로 가공했는데. 얼마나 힘들었는 줄 알아? 이곳에서 내내 누나의 수발을 다 들었다고. 누나 그런 여자였어? 나 이용해 먹고 버릴 생각이었어?"

"그, 그건 아닙니다만."

"그럼 뭔데? 왜 설명도 안 듣고 사람을 후려치는 건데? 날 안 믿는다는 거지?"

'그동안 네놈이 해 왔던 게 있었잖아…….' 라고 말하고 싶지만 내 안의 양심이 진정하라고 말하고 있다.

아, 모르겠다.

"그…… 죄송해요."

사과하자. 내가 너무 성급했던 모양이다.

"벗고 있는 상태에서 안겨 있으니까 당황해서……."

"내가 속옷까지 벗긴 게 아니잖아. 거기다가 누나, 무슨 일이 있었다면 몸에 느낌이 있었을 거 아니야."

그걸 내가 어떻게 알아. 해 본 적이 있어야지.

그렇다고 해도 정황상 그런 일이 있을 거라 의심하긴 어렵다. 내 속옷도 제대로 잘 입혀져 있고 몸에 상처 하나 난 것도 없고.

"얕은 수면 마법인 건 누나도 알잖아. 그런 일이 있었다면 누나가 중간에 깼겠지."

"……."

내가 망설이자 리버가 엄숙히 선서를 했다.

"내 모든 마력에 대고 맹세할게. 누나는 처녀가 맞아. 그게 아니라면 마나의 이름에 걸고 내 마력은 모두 봉인당할 거야."

"저, 그, 마법사들이 하는 절대 맹세를 이런 데다 쓰지 마십시오."

"안 그러면 계속 의심할 거 아니야."

절대 맹세.

마법사들의 언어에는 힘이 있다. 리버 정도 되는 놈이라면 더욱더 강한 힘을 가진다. 마력을 잃게 되는 맹세까지 해 버렸으니 이건 진실이 맞다. 그러나 보통 이런 건 목에 칼이 들어오거나 엄청 억울한 누명을 썼거나 반드시 이루어야 할 평생의 맹약에나 쓰는 거지 '나는 안 덮쳤다. 나는 안 덮쳤어!' 하는 데 쓰라고 있는 놈이 아니다.

나는 작게 한숨을 쉬었다.

"믿어 드릴게요."

리버의 얼굴이 환해졌다.

"응, 당연하지. 이거 내 생애 첫 절대 맹세인걸."

그러니까 그걸 이런 데다 쓰지 말라고!

문득 리버의 상체를 보다가 물었다.

"몸에 그 문신은 뭡니까?"

"고대 악마야. 지능은 없지만 나를 지키는 녀석이지. 모든 걸 먹고 소멸시킬 수 있어."

"사람도 잡아먹어요?"

"때에 따라서는. 하지만 시켜 본 적은 없어. 주로 부서진 물건 수리하는 데 쓰지."

신기하네.

"그러고 보니 제가 벗은 건 그렇다 치고, 리버는 왜 상의를 벗었어요?"

내 말에 리버가 씨익 웃었다.

"덮치지 않았다곤 했지, 스킨십을 안 했다고는 말 안 했어."

이놈의 변태 아크 리치 같으니라고!

14.

마무리 작업까지 끝내고 나니 온몸이 탁 풀린다. 리버는
이제 결계를 풀어도 좋다는 말을 하러 나갔다.

'반쯤은 맞았네.'

엄연히 말해 내 머릿속이 온통 리버로 가득 찬 건 아니
다. 여전히 내 마음 가운데에는 검이 자리 잡고 있다. 그건
리버가 누구보다 잘 알 거고.

나란 인간이 변한 건 없다. 그러나 딱 한 가지 차이점이
있긴 하다.

'예전 같은 꼬맹이로는 안 보인다는 것.'

남자로 보이게 해 준다는 그 말 하나는 제대로 지킨 셈이
다. 곤란하다. 곤란해. 여러 의미로 너무 곤란한 상황이다.

밤하늘 천체의 모양이 천천히 변하기 시작했다. 투명한
장막이 녹아내리며 시공간을 제대로 조립한다. 마침내 두
마왕이 모습을 드러내고 중재자인 아카넬이 내 앞에 내려
선다.

"끝났나?"

아아, 역시 인간이 아니구나, 이 사람. 감정이 없는, 그럼에도 위압적인 목소리를 듣고 있자니 사람이라기보다는 신처럼 보이니 말이다.

"네."

내 대답에 그가 작게 턱을 괸다.

"별일 없었나?"

"……네."

그 순간 아카넬이 내 손목을 낚아챈다. 이윽고 내 목덜미에 코를 박았다.

"둘이 뭘 한 거지? 리치 냄새가 온몸에 진동을 하는군."

그의 목소리에서 드디어 사람 냄새라는 게 느껴졌다. 그러나 그리 좋은 이유는 아니었다. 뭔가 내가 오해를 산 모양이다.

"뭘 하긴요. 무기 만들었죠."

그가 뭔가 말하려고 하자 리버가 끼어들었다.

"하하하, 무기 안 볼 거야? 질투쟁이 드래곤님."

리버, 이 타이밍에서 끼어드는 건 아무리 좋게 봐줘도 최악, 그 이상도 이하도 아니거든요.

'일부러 끼어든 거겠지. 오해하라고.'

그때 루비가 입을 열었다.

"잡담은 나중에. 엄마가 만든 무기부터 보여 줘."

사파이어가 함께 고개를 끄덕였다.

"우리는 충분히 기다렸어."

올 것이 왔다. 심장이 입 밖으로 튀어나올 것만 같았다. 떨리는 가슴을 억지로 진정시키고 나는 상자를 들고 비척비척 그들 앞에 내려놓았다.

그 순간, 키르카와 쌍둥이 마왕 사이에서 어마어마한 압력이 밀려오기 시작했다. 그와 동시에 아카넬의 그림자가 점점 커진다. 그의 그림자, 그가 만들어 낸 어둠이 바닥 위를 기어간다. 공허 그 자체가 공간 위로 덧칠되기 시작하자 그제야 두 마왕은 힘을 거둔다.

아카넬이 말했다.

"한결 낫군."

리버가 내 뒤에서 악동처럼 웃었다. 동화에 나오는 체셔 고양이 같은 웃음에 나는 작게 숨을 토한다.

'……후우, 골치야.'

이제 와서 내 인생을 탓하기에는 너무 많이 왔다. 남난(男難)이라고 하지 않던가. 그 할머니 예언이 틀린 말이 하나도 없다. 이 공간 가득 늑대 냄새가 진동하고 있으니 말이다.

나는 상자 뚜껑을 열었다. 그 안에서는 두 개의 차크람이 모습을 드러냈다.

"이상한 무기야. 그렇지, 루비?"

"응, 하지만 난 이게 뭔지 알아. 마족 중에 다루는 녀석을 본 적 있어."

둘이 손을 뻗자 무기가 저절로 그들의 손에 빨려들어 갔다. 붉은색 손잡이가 루비, 푸른색 손잡이가 사파이어다.

"빛에 비추어 보니 별이 보여. 표면 위에 별이 낙엽처럼 쌓여 있어. 이게 뭐야?"

"담금질 과정에서 표면에 무늬가 새겨지는 건 알고 있어. 하지만 이런 모양은 아니야, 사파이어."

나는 솔직하게 답했다.

"저도 잘은 모르겠습니다. 제작 과정 중에 생겼으니까요."

그들은 약속이라도 한 듯이 차크람에 기를 불어넣는다. 그러자 표면 위로 별이 빛난다. 그와 동시라고 해도 좋았다. 두 쌍둥이는 그것을 집어 던졌다. 손바닥처럼 작았던 차크람이 순식간에 집채보다도 거대해진다. 단 일 합에 바위 절벽을 가른다. 그 순간, 절벽 파편이 차크람에 모여든다.

그래비티.

그 무엇도 루비의 차크람을 벗어날 수 없다.

루비의 차크람 위로 사파이어의 차크람이 다시 무너진 협곡을 가른다. 그 순간 차크람은 협곡을 통과한다. 그러다가 자기가 원하는 곳에 닿는 순간, 차크람이 다시 모습을 드러내 주변을 박살 낸다.

두 꼬맹이가 깔깔 웃었다.

"와아, 이거 대단해. 중력을 조종하고 있어. 마법이 아니야. 이건 '기원'이야. 마음먹은 것은 무엇이든 당겨, 찌부러뜨려. 누구도 이 차크람을 벗어날 수가 없어."

"무엇이든 통과하며 원하는 것만 벨 수 있는 차크람이라니. 공간, 그 자체를 무시해 버리고 있어. 대단해. '기원'의 힘이란."

리버가 내 어깨를 두드렸다.

"물리법칙과 공간을 다루는 차크람이라니. 누나 정말 대단한 걸 만들었네."

나도 이렇게 대단한 게 나올 줄은 상상도 못 했다.

두 꼬맹이는 차크람을 한참 가지고 놀다가 크기를 줄여 자신의 손목에 걸었다.

크기가 줄었다고 해도 무게는 똑같다. 그러나 이 꼬맹이들은 전혀 개의치 않는 모양이다.

'마왕은 마왕이라 이거지.'

두 쌍둥이가 말했다.

"이거라면 제1 마계는 우리 차지야."

키르카가 말했다.

"2층을 지키는 것도 힘들 텐데요?"

"호오, 자신 있는 모양이네?"

그래. 싸워라, 싸워. 높으신 분들끼리 많이들 싸우세요. 나는 이제 집으로 좀 돌려보내 주면 안 되겠습니까.

15.

두 마왕, 아니 세 마왕과 한 마리의 아크 드래곤 덕분에 이 길고 긴 여행도 무사히 끝낼 수 있었다. 꽤 오랜 시간 있었다고 생각했는데 현실 시간으로는 고작해야 3일밖에 지나지 않았다. 역시나 마계와 현실의 시간은 극명히 다르구나 싶다.

집에 돌아왔지만 나는 잠을 잘 수가 없었다.

리버가 말했다.

"마왕들끼리 한바탕하겠어."

나는 작게 한숨을 내쉬었다.

"이제는 집으로 오라고 좀 하십시오. 아니, 출장을 원한다면 적어도 기본적인 예의라도 갖추시든가요."

내 말에 아카넬이 답했다.

"그럴 것이다. 걱정하지 마라. 이제는 '어떻게든' 될 테니까."

대체 어떤 수단을 쓸지는 모르겠지만 제2 마계와 제3 마계 마왕의 비호가 있을 거라고 했다. 그 이상의 자세한 이야기는 그리 듣고 싶지 않았다.

'우리 같은 사람들에게 있어서는 까마귀 같은 존재들이니까.'

아버지가 그랬다. 우리 같은 사람들에게 있어서 그런 작자들은 검은 새 같은 존재들이라고. 가끔씩 둥지에서 보석을 발견하긴 하지만 대부분은 불행을 몰고 온다고.

선을 지키되 깊이는 연루되지 말라고.

고작 다섯 살짜리 딸에게 할 말은 아니었지만 당시 아버지는 꽤나 진지했다. 그리고 보면 아버지는 그렇게 말을 하며 내 등 뒤를 바라보곤 했다. 마치 아버지 눈앞에 있는 다섯 살 말괄량이 딸이 아닌 이십 대의 딸을 바라보는 것처럼 굴었다.

'어딘가에서 점쟁이를 만나 들은 걸 수도 있고.'

맥족의 그 할멈만 해도 단 한 번도 예언이 틀린 일이 없다고 하지 않나. 거기다 둘이 직접 만나기도 했고.

아버지는 나와 카녹에게는 꽤 많은 이야기를 해 주셨다. 모험을 했던 이야기, 적을 물리쳤던 이야기, 세상을 구했던 이야기들.

그중에서도 가장 많이 했던 이야기는 인간은 인간이고

이종족은 이종족이라는 점이었다. 우리와 그들은 사는 세계가 다르다고, 교류는 해도 융화는 되지 말라 하셨다. 잘 기억 안 나는 것도 많지만, 이 말만큼은 아직도 기억난다.

난롯가에서 아버지는 카녹을 무릎에 앉히고 내가 나뭇조각으로 성을 만드는 걸 구경했다.

'카이는 만드는 걸 좋아하는구나.' 라고 하면서.

엄마는 따뜻한 크림을 내려놓으며 눈을 흘겼다.

'뜨개질이나 자수에 정을 들였으면 좋을 텐데 말이죠. 그런 건 또 싫어하더라고요.' 라면서.

어머니와 아버지의 관계는 보통 그 세대의 부부 관계와 같았다. 아버지는 먼 길을 다녀 올 때마다 꽃을 꺾어 오곤 했는데, 신기하게도 오랫동안 꽃병에 꽂아 놓아도 시들지 않았다.

어머니는 그 꽃을 끌어안고 소녀처럼 얼굴을 붉혔다. 내 기억으로는 두 분의 로맨스는 그게 전부였다.

여자는 집안일을 하고, 남자는 바깥일을 했다.

'그렇다고 해도 이렇게 오래 집을 비우다니.'

아버지가 걱정이다. 그래도 죽지는 않고 잘 지내시는 모양이다만.

나도 그 인간을 죽일 수 있는 게 있을 거라고는 상상도 안 되고 말이지.

아무튼 거리라는 건 참 중요하다.

나는 무기를 팔고 그에 대한 대가를 받는다. 그 이상의 선을 넘는다면 대가를 치러야 할 거다.

리버는 내 집 주위에 무언가를 설치했다. 청안의 말로는 보호 결계라고 했다. 이번과 같은 일을 막기 위한 그런 장치겠지.

'최초의 물에서 시작된 여행이 이렇게 끝날 줄이야.'

어차피 중요한 건 이미 다 배웠으니까. 리버의 결계 설치가 끝나고 나서야 겨우 잠들 수 있었다. 나는 침대에 몸을 파묻었다.

먼 곳에서 빗소리가 울린다.

눈이 되지 못한 빗방울은 냉기만을 품고 쏟아져 내렸다.

여태 움직이는 성에 있어선지 침대가 흔들리는 기분이 들었다. 마치 강 위를 타고 흘러가는 뗏목처럼 생각의 강가를 그렇게 한없이 흘러갔다.

그런데도 집 냄새만큼은 너무나 그립고 익숙해서 어쩐지 눈물이 나왔다.

나는 강해야 했다. 카이는 늘 강해야 했다.

'카이'는 세 명의 마왕을 상대해도 흔들려서는 안 됐고, 당당하게 내 것을 요구할 줄 알아야 했다. 내 칼 한 자루에 두 마계의 안녕이 달려 있는 상황에서도, 목숨, 어쩌면 그 이상의 것이 달려 있다고 해도 철을 달구고 망치를 두드려야 했다.

그녀는 마음대로 미쳐서도 안 됐다. 보통의 레이디들처럼 비명을 지르고 살려 달라 애원해서도 안 됐다.

왜냐하면 그녀는 강하고, 또 강해야 하니까. 그러지 않으면 무엇 하나 지킬 수 없으니까.

꿈도, 희망도, 목숨도, 소중한 사람조차도.

'나는… 카이는……'

나는 이불을 끌어안고 소리 없는 비명을 토했다. 다행히도 팔찌가 나를 지킨다.

절규는 그 누구도 엿들을 수 없는 나만의 것. 눈이 되지 못한 빗방울보다도 차가우니까.

'차라리 철과 함께 녹아 버렸으면 좋겠어.'

그랬다면 이런 고통 같은 건 느끼지 않을 테니까.

약한 부분 같은 건 사라질 테니까.

16.

이튿날도 나는 결국 아침 해를 보지 못했다. 열이 올라서 내려가질 않고, 온몸의 근육 하나하나가 비명을 지르는 터라 침대 아래로 내려올 수가 없었다.

밤새 울어서 눈까지 퉁퉁 부어 버려서는 청안을 볼 면목도 없었다.

"엑? 그 괴물 같은 회복력을 가지고 몸살이라고?"

문밖에서 리버의 목소리가 들린다. 청안이 답했다.

"마계에 오래 있었으니까요. 인간이 마계에서 지내는 것 자체가 보통 체력이 필요한 게 아닌데 납치, 감금, 거기다가 세 마왕의 등살 사이에 껴 있었잖습니까. 누구 때문에요."

청안의 목소리에 가시가 잔뜩 돋쳐 있었다. 리버가 말했다.

"그게 다 누나의 능력이……."

"흥, 됐습니다. 꺼져 주십시오. 어딜 봐서 댁 누나입니까? 나이도 그쪽이 훨씬 많으면서. 얼굴이 젊다고 나이도 젊어지는 줄 아나?"

"아, 진짜! 이놈의 족제비가!"

리버가 저렇게 헐렁하게 보여도 엄연히 아크 리치다. 일개 신수가 싸울 수 있는 존재가 못 된다. 그런데도 청안은 지지 않고 말했다.

"우리 아가씨는 댁 같은 사람 못 만난다고요. 병 도지게 하지 말고 나가요!"

청안의 축객령에 결국 리버는 나갔다. 닫히는 문소리를 들으며 나는 작게 안도의 한숨을 내쉬었다.

'다행이야.'

약한 모습 같은 건 보이고 싶지 않았다. 지금은 눈물 자국을 씻을 여유도 없으니까.

그 후에 아카넬이 왔다. 이번에도 청안은 강경하게 아카넬을 가로막았다.

"죄송합니다, 대공. 아가씨께서는 지금 누구를 만날 수 있는 몸 상태가 아닙니다."

"……."

나중에 '한 발자국만 더 가실 거면 제 목을 베고 가십시오.'라는 비장한 말까지 나와서야 대공이 답했다.

"얼굴만 보고 가지."

"안 됩니다, 대공."

"대화는 한 마디도 나누지 않겠다. 이조차 막을 건가?"

이윽고 문이 열렸다. 자는 척을 하면서 실눈을 떠 보니 대공은 문지방에 기대서 나를 바라보고 있었다.

우리는 한참이나 그렇게 시간을 보냈다.

영원과 같은 찰나가 지나고 나서 그가 몸을 돌렸다.

"돌아가겠다."

청안은 안도의 한숨을 내쉬었다.

"감사합니다."

그는 떠났지만 그의 향기만은 문지방을 타고 은은하게 남아 있었다. 왠지 품속에 안겨 있는 기분이 들어서 잠이 오지 않았다.

17.

꿈을 꾸었다. 하얀 새가 창가에 앉아 나를 내려다보고 있었다. 새가 말했다. 부리를 열어 말한 건 아니었지만 어쩐지 귀로 들리는 것처럼 선명했다.

―죽지 않아 다행이군요.

목소리에서 엘의 온기가 느껴졌다.
'제가 쉽게 죽을 사람으로 보이십니까.'
그렇게 힘껏 웃으니 그가 답했다.

―쉽게 죽지 않는 건 이 세상에 없어요, 카이 알테리온 양.

물방울 같은 목소리로 슬픔을 담아.

—다시 당신을 볼 수 있어 기쁩니다.

하얀 새가 나에게 깃털을 떨어뜨렸다. 무심코 붙잡자 깃털이 녹아 내 몸 안에 스며들었다. 그걸 끝으로 꿈에서 깨었다. 신기하게도 또 다시 아픈 게 전부 다 나아 있었다.

Chapter 3
칼의 비명

1.

눈이 내렸다. 청안은 눈이 묻은 꼬리를 털며 안으로 들어왔다. 난로에 장작을 때고 마시멜로를 굽는다. 겉은 바삭하고 속은 쫀득하게 녹아내릴 즈음 그것을 코코아에 얹어 내게 대접했다.

"새해 복 많이 받으세요, 아가씨. 올 한 해 자작나무의 축복이 함께하길."

청안이 태어난 지방에서는 이렇게 매 새해마다 자작나무의 축복을 빌어 준다. 곧게 자란 자작나무는 인생의 성공을 상징해서, 이 축복을 받은 사람들은 한 해 걸림돌 없이 잘 성공한다고 한다.

어느덧 연말, 벌써 새해가 한 걸음 다가왔다.

부쩍 검 주문이 많은 시기다. 각 지방마다 새해에 전해지는 미신 같은 게 있는데, 알타미르에서는 새해에 맞춰 거실에 갓 제련한 검을 걸어 놓는 풍습이 있다.

물론 여기서 사용되는 검은 실전용과는 한참 거리가 먼 예장용, 즉 장식용 검이다.

칼의 예리함이나 무게중심보다는 칼날이 얼마나 아름답고 유려한가, 손잡이는 또 얼마나 멋진 동물이 장식되어 있는가가 훨씬 중요하다.

이렇게 만들어진 검은 평생 피 한 방울 안 묻히고 집 안에 전시되어 한 해의 질병을 막아 준다고 한다. 그러다 보니 연말에 맞춰서 엄청나게 많은 주문들이 밀려오곤 하는데, 평소 파리 날리는 대장간도 이 시즌만 되면 불티나게 주문이 들어온다.

'우리 대장간만 빼고.'

그렇다. 연쇄살인마를 만들어 낸 대장간이자 여자가 칼을 만들면 재수가 없다는 그 미신의 장본인인! 나! 우리 대장간만! 의뢰가! 안 들어와!

하늘을 향해 절규를 하는 나를 보며 청안이 쓰게 웃었다.

"어쩔 수 없잖아요, 아가씨. 미신을 위해 만드는 검이니 까요."

"어째서죠? 마계에서도 제가 만든 검이 얼마나 인기가 좋은데! 그렇지 않아도 제 칼을 받고 싶어서 수많은 마족들 과 마왕들이 군침을 삼키고 있다고 하던데에에에!"

"아, 악마들에게 칼을 파는 대장간이라고 소문이 나면 더 장사가 안 될 것 같은데요, 아가씨!"

그, 그렇지. 이게 알려졌다가는 장사가 문제가 아니라 이 단 심문관들에게 끌려가기 십상이다. 그러고는 장작 위에 서 몸으로 캠프파이어를 하겠지.

'도움이 안 돼요. 마족들은.'

나는 코코아를 마시며 툴툴거린다.

역시 청안의 솜씨는 제일이다. 그저 우유에 크림이랑 초 콜릿을 녹인 것뿐인데 어떻게 이런 맛이 나는 걸까.

"아가씨는 무슨 검을 만들지 구상하셨나요?"

그랬다. 나는 두 쌍둥이 마왕에게서 대가를 받았지만 아 직 그걸 사용하지 않고 있다. 단 한 번뿐인 시도다.

완벽한 상태에서 만전을 기해 만들고 싶은 마음도 있지 만, 무엇보다 이미지가 떠오르질 않는다. 이 검이 완성되었 을 때의 이미지가 전혀 떠오르질 않는다.

칼날은 어떤 식으로 할지, 균형은 어떻게 할지.

'나를 위한 검.'

마치 벽에 부딪친 것처럼 전혀 움직일 수가 없다.

고민하는 내 눈치를 유심히 보더니 청안이 바구니에서 종이를 꺼냈다. 판화로 인쇄한 전단지였다.

[성 알타미르 마이어하트 배 예장검 대회]
대륙의 대장장이들이여. 오라!

"마이어하트 가문에서 예장검 대회를 하더라고요."

쭉 읽어 보니 상금도 상당할 뿐 아니라 우승자의 검은 천년왕께 진상되는 명예를 얻게 된단다. 다른 사람도 아니고 천년왕이다. 그분에게 납품한 검이기에 그 대장간에는 왕실 보증서, 즉 로열 워런트가 붙게 되고 그것만으로도 엄청난 명성을 얻게 된다.

"그래요. 만약 제가 진상하게 되면 재수 옴 붙는다는 말도 싹 사라지겠죠."

실력? 자신 있다. 센스? 자신 있다.

문제는 심사가 공평하느냐지만 그건 하늘에 맡기련다. 잘되면 정말 좋고, 안 풀린다고 해도 많은 사람들에게 내 실력을 보일 수 있지 않나.

'예장용 검이라…….'

줄여서 예장검으로 불리게 되었다. 원래 예장검은 레이피어보다 짧은 찌르기용 스몰 소드를 뜻하지만, 검기와 마법이 발달한 현 시점에 와서는 실전에 맞지 않아 사장되었다. 그러나 그 외형이 몹시도 아름답기에 장식용으로 사용하다가 지금에 와서 장식용 검은 죄다 예장검이라고 부르는 사태에 이르렀다.

그렇다고 해도 쓸모없는 무기는 사양이다. 제대로 된 검이어야 한다.

나는 노트를 꺼내서 검을 그려 나가기 시작했다. 내가 가장 아름답다고 생각하는 검을, 그 형태를 빼곡하게 그려 나가기 시작했다. 그런 나를 보더니 청안은 살짝 웃으며 어깨에 담요를 덮어 준다.

"오늘은 주무시지 않겠네요. 아가씨."

"하하하, 그럴 거 같아요. 머릿속이 온통 새로운 검으로 가득 찼는걸요."

"다음 끼니는 일하면서 먹을 수 있는 걸로 준비하겠습니다. 손가락으로 바로 집어 먹을 수 있는 종류가 좋겠죠?"

과연 청안이다. 아마 나는 청안이 없었다면 과로로 죽든가 일하다가 영양실조로 죽든가 했을 거다. 감사한 마음에 고개를 끄덕이자 청안이 답했다.

"미트파이 같은 건 어떠십니까? 시장에서 좋은 오리가

들어왔는데 어제부터 와인 소스에 푹 재워 두었거든요."

"아, 그거 찜 요리로 쓸 거 아니었나요?"

"파이로 바꾸는 것도 어렵지 않으니까요. 조금만 기다려 주세요."

와인에 재워 둔 최상급 오리 파이라니. 이 겨울에 이만한 호사가 어디 있을까.

"청안, 고마워요."

"별말씀을요. 저는 신경 쓰지 마시고 하던 작업에 집중하세요, 아가씨. 저도 아가씨가 새로운 무기를 만들 때마다 얼마나 두근거리는지 모르겠습니다."

청안이 밝게 웃었다.

2.

창밖으로 내리는 눈꽃을 바라보며 아리네스는 와인을 기울인다. 속옷이라고 부를 만큼 짧은 팬츠에 가터벨트가 적나라하다. 무지카는 그런 누이를 보며 이마를 찌푸린다.

"옷 좀 입어."

"어머, 옷이야. 얘."

그녀는 그리 말하면서도 서류에서 눈을 떼지 않는다. 긴

소파를 침대 삼아 비스듬히 누워 있는 모습이 영락없는 암표범 같다. 무지카가 말했다.

"당신은 진짜……!"

"누나보고 당신이 뭐니, 당신이. 무지카 폰 마이어하트 경이야말로 예의가 없으시네요. 이 늙은 누나는 기껏 동생을 위해 이렇게 크고, 귀찮고, 쓸데없는 연말 행사를 도맡아 해 주고 있는데 말이죠. 예장검 대회라든가, 예장검 대회라든가, 예장검 대회 같은 거요."

무지카는 반대편 소파에 앉는다. 보통 사내라면 눈앞에 있는 육감적인 붉은 머리의 미녀에게서 눈을 떼지 못하겠지만 무지카는 다르다. 애초에 자신의 누이가 좋다고 노예를 자처하는 인간 있다는 사실도 이해가 가지 않을뿐더러, 저 교활한 암고릴라에게 무슨 꿍꿍이가 있을지 두렵기만 하다.

"나는 하라는 소리는 한 번도 하지 않았어."

"마이어하트 가문의 예장검을 카이 알테리온 공방에 맡기겠다고 아버님께 건의했던 사람이 누구였더라? 그리고 재떨이에 맞았지, 아마?"

"……."

그녀는 독하디독한 와인을 눈 하나 깜짝하지 않고 연거푸 들이킨다. 보통 사람이라면 취해서 주정을 하고도 남았을 텐데 그녀의 손길에는 단 하나의 취기도 묻어나지 않았다. 오히려 더 빠르게 서류를 검토하고 있다.

그녀는 부하에게 '이거, 다시 올려.'라고 말하며 서류를 건넨다. 부하는 조용히 다가와서 서류를 받고는 다시 멀어진다.

"순진한 아우님. 사람의 편견이란, 인습이란, 그렇게 깨지는 게 아니에요."

이미 온몸으로 탈인습, 탈편견을 주장하고 있는 여인이 말하고 있으니 설득력이 훨씬 떨어진다. 무지카의 마음이라도 읽었는지 그녀가 말을 이었다.

"여성의 몸으로 이 자리에 올라오고, 아무렇지도 않게 남장을 하고 노출을 해도 왜 아버지가 날 내버려 두는지 아니? 딱 까놓고 말해서 내가 욕심을 낸다면 마이어하트 최초의 여성 가주는 내가 될 거야."

"……무슨 말을 하고 싶은 거지?"

"아버님은 네가 여자가 만드는 검을 쓴다는 것 자체도 못마땅해하고 있어."

"여자가 대장간에 오면 부정을 탄다는 건 오래된 미신이다."

"그래. 오래된 미신이지. 이 왕국이 있기 전부터 있던 미신이고, 오래된 미신에는 그럴 만한 이유가 있는 거야. 카

176 신수의 주인

이 알테리온을 마녀라고, 사람을 홀리는 마법을 검에 걸어서 죽음으로 인도하는 마녀라고 부르는 놈도 심심치 않아."

그 말에 무지카는 입술을 씹었다.

"그녀는 그걸 알고 있어?"

"나야 모르지. 하지만 소문이라는 게 의외로 당사자에게는 늦게 전해지는 법이라서."

무지카는 와인을 따라 자신도 한 모금 삼킨다. 아리네스는 글라스를 흔들었다.

"거기다 애초에 그런 걸 신경 쓸 아이도 아니잖아?"

"그렇지."

"본론으로 돌아가서 아우야, 너의 타는 마음을 받아 내가 해 줄 수 있는 건 이 정도야. 이번 예장검 대회를 우리 가문이 맡는 것. 그리고 평가는 최대한 공정하게 할 것."

"그녀가 올라올까?"

천년왕 전하께 바칠 검이다. 이 대륙의 내로라하는 모든 장인들이 출품할 거다. 어떤 공방에서는 이 대회만을 위해 일 년 전부터 준비하기도 한다. 그만큼 승자에게는 대단한 영예가 주어진다.

아리네스는 눈을 감는다. 그리고는 손톱으로 자신의 뺨을 가볍게 툭툭 두드린다.

"모르지. 하지만 실력이 없어서 예선 탈락을 하진 않을 거야. 그럴 아이가 아니잖아? 네게 검을 만들어 준 아이는. 그리고 내가 좋아하는 아이는."

"네 총애는 독과 같지."

"부정하진 않겠어. 하지만 그만큼 노력해 주고 있다고? 이 지긋지긋한 서류더미와 싸워 가면서 최대한 공정한 심사를 위해 무지막지하게 노력하고 있다고. 너는 네 누나가 평소에 기본으로 해치워야 하는 업무가 얼마나 되는지도 모르지?"

그러게 툭 쏘아 버리니 무지카는 할 말을 잃는다. 아리네스가 말했다.

"카이가 나타나서 다행이야."

"무슨······."

"내 앞에서 네가 술을 마시는 게 처음이라는 거 알고 있어?"

그 말에 무지카가 찔린 듯 글라스를 바라본다.

"너는 나와 대화도 안 하잖아. 일 년에 겨우 한두 마디 하나? 카이가 칼의 마녀라는 소문이 있다면 너는 그냥 대놓고 나를 마녀 취급해."

"그 이유는 본인이 더 잘 알고 있을 텐데."

아리네스는 자신의 코팅 매니큐어를 바라본다. 매니큐어

위에는 루비가 별처럼 박혀 있다. 진짜 루비. 피존 블러드 색의 최상급 루비가 그녀의 손톱에 박혀 있다. 언제까지 붙어 있을지도 알 수 없다. 그녀는 한번 질리면 그것의 가치가 얼마나 되건 쓰레기처럼 버리는 걸 주저하지 않으니까.

"뭐, 내가 다소 험한 일을 했고 그것 때문에 네가 겁을 먹은 건 알고 있어."

"누가… 겁을 먹었다고……!"

"아아, 소리 지르지 마. 교양 없이."

그러고는 태연하게 말을 이어 나간다.

"내가 하는 일은 오로지 왕국과 가문을 위하는 일이야. 너는 이 집안을 이루는 기둥 중의 하나고, 네가 우리 왕국과 가문을 위해 일하는 한 네가 먹는 와인에 독을 탈 일은 없어."

"가족이니까 해치지 않는다는 말은 안 하는군."

그녀는 다리를 다른 쪽으로 꼬았다.

"오, 그런 말랑한 말을 원했어? 무지카 어린이?"

"닥쳐!"

그녀는 한참을 키득거리며 웃었다. 귀엽고 귀여운 아우님, 사랑스럽고 순진한 아우님.

세상의 악의를 바라보기에는 아직 한참 부족한 아우님. 그러나 내면은 누구보다 숭고한 아우님.

날 때부터 어디 한 곳이 비틀려 버린 아리네스는 그런 무
지카가 좋았다. 무지카 본인은 부정하겠지만. 믿지도 않겠
지만.

"나는 너를 응원할게."

"뭐?"

아리네스는 한참을 깔깔 웃었다.

"아무튼 기대해 보자고. 이번 예장검 대회는 최고로 성
대할 테니까."

3.

아카넬은 초대장을 내려다본다.

천하제일 예장검 대회

앞에 천하제일이 붙었다. 누구의 센스인지 짐작이 간다.
마이어하트의 수호 마녀겠지.

"요즘 알타미르에서 대놓고 불러 대는군."

엄연히 말해 대공은 천년왕에게 충성을 바친 것도 아니
고, 명분상 멸망한 구 제국과의 의리를 지키고 있을 뿐이

다. 이제 와서는 은근슬쩍 '왕'이란 칭호를 붙여도 큰 문제는 없다만 귀찮다. 애초에 권력을 원했다면 드래곤의 힘을 가진 수수께끼의 대공 컨셉으로 들어가서 이 나라, 저 나라 다 쳐들어간 후에 그럴듯한 건국 신화 하나 만들었겠지.

어린 드래곤들이 유희에서 많이 하는 일 아닌가. 그래서 깃발을 보고 있으면 대충은 짐작이 간다.

이를테면 승천하는 황룡! 골드 드래곤의 어린놈이 유희를 나온 거다. 바다를 품은 청룡! 블루 드래곤이다. 그 외에도 백룡부터 적룡까지 다양하다.

'이래서 인간들이 드래곤을 싫어하지.'

오늘 죽을지 내일 죽을지 모르는 삶의 터전에서 그저 놀이의 목적으로, 일말의 책임감도 없이 모두의 삶을 헝클어뜨린다. 그러다가 지루해지면 자신은 드래곤이었음을 밝히고 사라진다.

원로들은 이걸 말릴 생각도 없고 앞으로도 그럴 거다.

이 정도의 놀이를 하지 않고는 견딜 수 없을 만큼 드래곤의 삶은 길고 지루하니까.

'그래서 드래곤 아크란의 삶은 지루했나?'

반은 맞고 반은 틀렸다. 적어도 카이 알테리온이라는 여성을 만나고 난 이후부터는 걱정 때문에 돌아 버릴 지경이었다.

지켜 주겠다 맹약을 한 여인이 아무렇지도 않게 위험 속으로 성큼 들어가 버린 데다가 자신을 경계하기까지 한다.

이종족이라고 차별하는 건 아니지만 드래곤에 대한 거부감이 남아 있는지 몇 번 그에 관해 물어보긴 했다.

보통 사람의 반응이긴 하다. 그래도 이렇게 강한 존재가 본인을 수호하고 있다고 하면 호감을 보일 법도 하지 않나.

그러나 현실은 다르다.

'살쾡이마냥 털을 바짝 세우고 있지.'

아크 리치는 받아주면서 블랙 드래곤은 뭐가 문제라고.

집사가 말했다.

"카이 알테리온 영애께서는……."

"출품하겠지. 무조건."

그 칼덕후가 여길 마다할 리가 없다.

"그러면 회신을 어떻게 하죠?"

"참석한다고 전해라. 그 심사 위원직도 맡아 주겠다고. 냉정하고 냉혹하게 검을 봐 주겠다고."

낭충지추라고, 이참에 우승까지 하면 이젠 영원히 혼인 생각 없이 살 거다.

그걸 막기 위해서라도 아카넬은 필요했다.

비정하고! 엄격한! 심사가.

물론 자기 손으로 떨어뜨리겠다는 뜻은 아니다. 그냥 자신의 미래의 신부에게 좀 더 엄격한 평가를 내리겠다는 거다.

아카넬은 차를 들이켰다. 단 맛이라고는 전혀 느껴지지 않는 차에서는 깊은 향이 밀려온다. 아카넬은 인간이 좋았다. 인간이 만든 차가 좋았다. 그게 지루한 삶을 이어 갈 수 있게 하는 원동력이었다.

4.

마지막 날이 되어서야 겨우 검을 접수할 수 있었다. 그곳에는 수없이 많은 장인들과 별처럼 아름다운 예장검들이 접수를 기다리고 있었다. 이번에는 공정한 심사를 위해 장인의 이름과 공방명을 적을 수 없게 했다. 순수하게 검의 아름다움만 평가하는 자리다.

'대단해.'

칼이 부르는 노래가 공기를 가득 채운다. 나밖에 들을 수 없는 철의 소리가 밀려온다. 묵직한 바스타드 소드부터 레이피어의 고음, 그 옆에 중도를 지킨 롱소드가 지나간다.

평생 피를 볼 일이 없고 누군가를 죽일 필요 없는 검들은 어째서 이렇게 순백한 걸까.

내 차례가 되자 나는 벨벳 천막 안으로 들어갔다. 누가 어떤 검을 제출하는지도 모르도록 사방이 커튼으로 막혀 있다. 직원이 무심한 얼굴로 서류를 넘긴다.

"카이 알테리온, 알테리온 가문의 영애군요."

여자가 어떻게 칼을 만들었냐, 네가 직접 만들었냐는 질문은 없었다. 이 도시에 내 이름이 꽤나 알려진 모양이다. 그게 좋은 의미든 나쁜 의미든 간에. 그는 사무적으로 내 이름을 적더니 물었다.

"확인차 묻겠습니다. 매혹이나 저주 마법을 건 건 아니죠?"

"아닙니다. 소문은 그렇지만 전 그런 짓 안 해요. 할 줄도 모르고요."

"알겠습니다. 그건 마법사님들이 판별하시겠죠."

믿음이라곤 티끌도 느껴지지 않는 목소리다. 나는 그저 이 사람이 내 칼을 얌전히 뒤쪽 보관소에 올려놓기를 바라며 상자를 열었다.

"……."

내 칼을 보는 순간 기계처럼 움직이던 펜대가 멈췄다. 두 사람 사이에서 정적이 밀려온다.

"이거… 검입니까?"

"검입니다."

그는 뭔가 내게 물어보고 싶은 말이 있는지 한참 망설이다 말했다.

"무슨 사술을 쓴 거면 마법사 협회가 가만히 있지 않을 겁니다."

"칼 맞습니다. 예장검이잖아요. 아름답지 않습니까?"

"아름답다는 말에는 이견이 없습니다만. 개인적으로 평가하자면 내가 봤던 모든 검 중에서 가장 아름답긴 해요. 하지만 이건…… 이게 검이 맞나요?"

맞다고, 이 인간아.

그는 한참 망설이다가 결국 내게 종이를 넘겼다.

"여기 검에 들어간 재료를 모두 적어 넣으세요. 연금 기술을 병행한 검의 경우 융화제나 촉매 성분까지 전부 적어 주셔야 합니다."

나는 그걸 받아다가 또 열심히 적었다. 그는 내가 쓰는 재료를 한참 바라보다가 얼굴이 핼쑥해진다.

"거짓말 아니죠?"

"진짜입니다."

뭐, 보통 공방에서 구할 수 없는 재료들이 좀 들어 있긴 하다. 내가 마왕 둘의 무기를 만들어 주고 얻은 게 있으니까 말이다. 그런데 그게 그렇게까지 경악할 일인가.

'뭐, 상관없겠지. 이런 대접을 받은 게 하루 이틀도 아니

고.'

기죽지 말자고 결심했는데 벌써부터 조금 시무룩해진다.

그는 다행히도 내가 제출한 서류와 검을 모두 받아서 뒤에 쌓아 두었다.

'본선에서 다시 보자, 내 아기야.'

실력 있는 장인일수록 상대방의 실력과 내 실력을 가늠하는 안목이 있다. 결코 예선에서 굴러 떨어질 검이 아니었다.

밖으로 나오니 란돌프가 서 있었다.

"와, 아가씨!"

"란돌프!"

란돌프 주위에는 달빛 모루족들이 삼삼오오 모여 있었다. 나를 보더니 모두 손을 흔들었다.

"란돌프도 출품하는 거예요?"

"달빛 모루 공방은 매년 여기에 출품했죠. 이리 보여도 세 번이나 우승한 강호 중의 강호랍니다. 어흠!"

란돌프의 헛기침에 웃음이 나왔다.

"달빛 모루 공방이 얼마나 대단한지는 제가 가장 잘 알걸요?"

내 말에 란돌프가 부끄러운지 얼굴을 붉혔다. 자랑할 때는 언제고, 막상 띄워 주니까 부끄러운 모양이다.

"아가씨도 출품하시는 건가요? 엄청난 라이벌이 생겼군요."

"저야 뭐, 달빛 모루 분들에 비하면 풋내기죠, 아직."

"겸손한 척하지 마십시오, 아가씨. 아가씨가 확신도 없이 검을 만들 리가 없다는 걸 이 란돌프가 모를 리 없잖습니까?"

이렇게 빨리 달빛 모루분들과 장인의 자존심을 걸고 싸우게 될 줄은 몰랐다. 그들은 내 스승이나 다름이 없는 존재들이다. 망치를 쥐는 법부터 풀무를 밟는 법 하나까지 신세를 지지 않은 적이 없었다.

"그래도 싸워 보고 싶은 거죠, 아가씨?"

어떻게 이들을 속일 수 있을까. 리버처럼 거창한 마법 같은 게 아니더라도 그들은 나를 너무나도 잘 알고 있다.

"네. 해 보고 싶어요."

"그래야 우리 아가씨죠!"

"저희도 지지 않을 테니 각오하십시오, 아가씨!"

그들과 함께 있으면 웃음이 피어난다. 그렇게 정답게 이야기를 나누는 사이 누군가가 지나갔다. 남자에게서는 피 냄새가 났다. 그것도 갓 흩뿌려진 신선한 피 냄새.

그가 내 옆을 스쳐 지나가는 순간 소름 끼치는 비명 소리가 울렸다. 단 한 번도 들어 본 적 없는 고통스러운 철의 소리었다.

그의 검이 든 상자를 내려다보는 순간 구토감이 밀려온다.

"이게 무슨⋯⋯."

철은 비명을 지르지 않는다. 철은 원망하지 않는다. 불에 몸을 태우고 형체를 잃어버릴 정도로 두드려 맞아도 철은 인내할 뿐이다. 그건 연철부터 묵철까지, 강철부터 산철까지 다양해서 마왕의 심장을 집어삼켜도 철은 도도히 노래를 부른다.

삶의 이야기를, 인고의 이야기를, 광물의 비밀과 화염의 춤을 속삭인다.

'마, 망가졌어.'

토악질을 참으며 나는 그의 아타셰케이스를 한참이나 노려보았다. 그가 나를 돌아본다.

그의 눈을 볼 수가 없었다. 안대로 눈을 가렸기 때문이다. 그럼에도 앞이 보이는지 그는 지팡이도 없이 성큼성큼 내게 다가온다.

"네가 카이 알테리온인가?"

심장이 말을 한다면 이런 목소리를 낼까. 낮고 느리지만 사람의 귀를 붙잡는 힘이 있었다.

나는 그를 올려다본다.

갓 이발한 까칠한 턱에서는 수컷 냄새가 진득하게 뿜어져 나왔다. 체격은 2미터가 넘었는데, 내가 그동안 보았던 그 어떤 무인들보다도 크고 단단한 몸을 가졌다.

"소문이 대단하기에 무슨 마녀 고릴라나 될 줄 알았는데 겁에 질린 병아리군."

"당신, 그 검에 무슨 짓을 한 거죠?"

"호오, 알고 있는 건가? 신기하네. 나와 같은 '재능'이 있는 계집을 만날 줄이야."

그는 뭐가 그리 재미있는지 한참을 치아를 드러내며 웃었다.

"네 검이 궁금하군. 병아리 계집."

그는 그렇게 말하고는 줄을 향해 갔다. 그가 다가가자 다른 공방장들이 길을 비켜 준다. 그에 대한 경의라기보다는 두려움에 차서.

그가 천막 안으로 사라진다. 칼의 비명 소리가 천막 밖까지 울린다.

그 소리가 너무 잔인하고 지독해서 나는 그만 토사물을 뱉어 버렸다.

5.

"저희는 그를 그레이 킹 다이아몬드라고 부릅니다."

"그레이요?"

달빛 모루 공방 사람들이 없었다면 큰일 날 뻔했다. 내가 패닉에 빠져 있는 동안 란돌프가 나를 부축해 한적한 곳으로 옮겨 주었고, 다른 달빛 곰족분들이 토사물을 치웠다. 내가 진정이 될 때까지 한참이나 끌어안아 주다가 내게 물 한 잔을 건넸다.

각설탕을 녹인 물 한 컵을 다 마시고 나서야 겨우 정신을 차릴 수가 있었다.

"그건 어린아이가 사지가 찢겨 지르는 소리였어요. 맹세해요, 란돌프. 내 평생, 내 일평생을 걸고 저렇게 지독한 비명은 들어 본 적이 없었어요."

"아가씨께서 그리 말씀하셔도 저희는 그 소리가 들리지 않으니까요. 아, 아가씨. 그렇다고 아가씨의 말을 믿지 않는 게 아닙니다. 저희야말로 아가씨를 어릴 때부터 봐 왔는걸요."

"뭐하는 사람이죠?"

란돌프가 말했다.

"저희도 잘 모르겠습니다. 사실 그게 본명인지도 알 수 없습니다. 언제부턴가 훌쩍 나타나서는 칼을 팔고 자취를 감추곤 합니다. 그의 칼은 언제나 가장 비싼 가격에 팔리죠."

"비싼 가격이요?"

"네, 그가 만든 검은 하나같이 예리하고 특별한 능력을 가지고 있다고 하더군요. 생각해 보니 아가씨가 지닌 '염원'과 비슷한 능력 같네요. 문제는 그 칼이 한 곳에 오래 머문 적이 없다는 것 정도겠네요."

"어째서죠?"

내 질문에 란돌프는 망설인다. 뭔가 좋지 않은 이야기인 거 같다. 이쯤 되면 평소의 나라면 물러날 거다. 그러나 지금은 상황이 다르다.

"그 끔찍한 소리를 들어 버린 이상 알아야겠어요, 란돌프."

처음부터 몰랐다면 모를까 이미 들어 버린 이상에야.

란돌프의 말을 그대로 옮기자면 그랬다.

처음 무기를 산 사람은 어느 작은 귀족가의 아들이었다. 정식으로 기사 작위 수여식을 하게 되고 이제 제대로 된 검을 마련하고자 하던 차에 그의 검을 구매했다.

수없이 진열된 검들 중에서 유독 그 칼만이 눈에 띄었는지 이름 없는 장인의 검, 그것도 턱없이 비싼 가격의 검을 그는 구태여 사겠다고 했다.

그 후에 그는 적장의 목을 단신으로 베어 버리고 그 공으로 기사단장의 지위에 올랐으나, 그의 친형과의 승계 싸움 끝에 형을 직접 죽이고, 부모조차도 죽인 후 스스로 계승식을 거행했다. 귀족 가문의 흔한 골육상쟁이긴 하지만 그의 말이 특이했다.

'칼이, 칼이 말해 줬다네. 모두 죽이라고, 불태우라고.'

기이하게도 그는 자신이 죽인 자를 불태우는 버릇이 있었는데, 반드시 본인 손으로 태워야 했다. 그는 자신의 가족들을 산 채로 꼬챙이에 꽂아서 전시한 후, 장작에 불을 붙였다. 그 비명을 들은 농민들은 그날 잠을 자지 못했다고 한다.

두 번째 무기를 산 사람도 비슷한 운명이었다. 그 칼을 사고 높은 지위에 올랐으나, 반드시 제 손으로 소중한 사람을 죽였다. 이 사람의 경우에는 사지를 찢어야만 잠이 드는 광증이 왔다고 한다.

세 번째는 더 나빴다. 제 아들을 죽였으니 말이다. 그 아이는 고작해야 6살이었다. 어떻게 하면 6살 아이를 역모로 몰아 죽일 수 있는지 모르겠지만, 그 아이는 사형도 전에 고문을 이기지 못하고 죽었다. 세 번째 고객의 광증은 어린 아이를 고문하는 쪽으로 변질되었다.

란돌프가 말했다.

"그의 검을 가지면 반드시라고 할 정도로 성공하더군요. 전쟁터에서 패배도, 패주도 없이 어마어마한 전과를 올립니다. 그럼에도 날 하나 상하지 않으니 무인들에게는 꿈의 무기라고 해도 과언이 아니죠. 하지만 하나같이 미치거나, 굉장히 잔인해지죠."

"……."

"물론 지금 시대가 시대인 만큼 대수롭지 않게 여기는 자들이 대다수입니다만."

나는 작게 숨을 토했다.

"황권은 약해지고 전쟁이 범람하는 시대니까요. 오히려 알타미르나 제가 있던 영지 같은 곳이 이상한 거죠."

나는 말을 이어 나갔다.

"그 검을 직접 보진 못했지만 소리는 들을 수 있었어요. 무슨 생각으로 예장검 대회에 나왔는지는 모르겠지만 그게 단순한 소문이 아니라는 건 알겠네요."

그가 말했다. 같은 '재능'의 소유자라고.

그는 어쩌면 나와 같은 철의 소리를 듣는 존재인지도 모른다. 그리고 그 재능을 다른 방식으로 발전시킨 걸 수도 있었다.

문득 궁금해진 게 있어 란돌프에게 물었다.

"란돌프."

"네, 아가씨?"

"만약 저와 똑같이 철의 소리를 듣는 사람이 또 나타난다면 그 사람도 왕으로 추대할 건가요?"

내 질문에 란돌프가 웃었다.

"와하하, 그게 얼마나 희귀한 재능인데 두 사람이나 나타나겠습니까? 그래도 만약이라는 게 있으니까 말이죠. 음…… 상관없습니다."

"상관없어요?"

"우리는 아가씨를 먼저 발견했고, 아가씨는 저희를 선택했잖습니까. 그러면 그걸로 된 겁니다. 다른 왕은 필요 없습니다."

윽, 부끄럽지만 조금 안심해 버렸다.

6.

집에 들어오자마자 나는 뜨거운 물로 목욕을 했다. 닦았다고 해도 옷에 묻은 토사물이 전부 사라지는 것도 아니고 악취가 고약하다. 청안이 놀란 눈으로 달려온다.

"아, 아가씨! 괜찮으십니까?"

차마 무슨 일이 있었는지 말을 할 수가 없다. 아마 내일이면 내가 그레이를 보자마자 토했다는 이야기가 온 수도에 파다하겠지만 오늘의 청안에게는 밝히고 싶지가 않았다.

샤워를 하고 뜨거운 물에 몸을 담갔다. 추위에 곤두섰던 솜털이 온기에 사르르 녹아 간다.

'괜찮아. 다른 사람 소문 따위.'

누가 욕한다고 내가 죽나? 뭐 몸이 아파지나? 그런 일 따윈 없다. 소문이라는 게 들으면야 내 기분은 나빠지겠지만, 그렇다고 내가 검을 못 만드는 것도 아니고 아무래도 상관없다.

그때 노크 소리가 들렸다.

"아가씨, 손님이 밖에 찾아왔습니다."

이 시간에? 축객령을 내리려는데 청안이 덧붙여 말했다.

"성함이 그레이 킹 다이아몬드라고 하네요. 아가씨에게 검에 대해 할 말이 있다고 합니다."

그 말에 나는 몸을 일으켰다.

옷을 갈아입고 아래로 내려가니 남자가 앉아 있었다. '그레이'라는 이름대로 머리끝부터 발끝까지 회색에 가까웠다. 긴 머리카락은 타고 남은 잿빛 같았고, 눈을 가리고 있는 안대 역시 빛바랜 회색이었다.

마치 이 세상의 모든 색을 거부하는 것처럼 남자는 그 자리에 있었다. 그는 청안에게 '얼 그레이'를 주문한다.

"음, 여기는 좋은 소리가 나는군."

역시나 재능이라는 게 철의 소리를 듣는 재능을 말하는 게 맞았다.

"무슨 일이시죠?"

"나와 같은 재능을 지닌 장인을 본 건 처음이라서 말이야. 정탐하러 왔지."

나는 그의 앞에 마주 보고 앉는다.

"저도 신기하네요. 같은 능력을 지닌 사람을 볼 줄은 상상도 못 했으니까요."

"하지만 칼의 본질은 절반의 절반도 끌어내질 못하는군. 병아리야."

이 인간이 누구보고 병아리래. 내 칼 때문에 마계에서 무슨 일이 일어났는지 알아? 속으로 구시렁거리는데 그가 한마디 덧붙였다.

"그 몸, 기묘한 소리가 나는군. 인간의 몸인데 수정이 부딪치는 소리가 나. 알테리온 가문의 여식이라면 인간이 맞을 텐데?"

거기까지 들을 수 있는 건가? 나는 거기까진 구분하지

못하는데.

"네, 인간 맞습니다. 조금 특별한 사연이 있거든요. 그쪽 이야말로 안대를 하고 다니는 걸 보면 사연이 있는 모양인 데요."

그는 작게 웃었다.

"무례하군."

"먼저 무례를 저지른 건 당신입니다."

"정말 한 마디도 지지 않는군."

"조신함을 원하시면 여기가 아니라 무도회로 가시죠."

그는 턱을 문지른다. 그러더니 안대에 손가락을 넣어 풀었다. 안대 아래에는 흉터 하나 없이 닫힌 눈이 있었다.

"으음, 앞을 보는 건 오랜만이라 익숙지가 않군."

그가 눈꺼풀을 천천히 열었다. 그곳에는 붉은 눈동자가 나를 바라보고 있었다. 그의 몸에서 유일하게 색소가 있는 곳이었다. 그는 오랜만에 보는 빛의 세계가 신기한지 주변을 돌아보더니 이내 나와 눈이 마주친다.

"이렇게 생겼군."

"……."

이럴 때는 대체 뭐라고 답해야 할까.

뭐라고 답하기도 전에 그가 손을 뻗어서 내 멱살을 잡아당겼다. 막을까 하다가 손에 살기가 없는 걸 보고 뭐하는 속셈인지 지켜보기로 했다.

그는 내 얼굴을 이리저리 돌려보면서 신기함에 젖어 있었다.

"색이 많은 얼굴이군. 금색 머리카락부터 푸른 눈동자, 입술은 붉고 피부는 복숭아 같군."

"당신은 색이 없는 얼굴이고요. 그 붉은 눈동자 빼고."

"내가 무섭지 않나?"

"자세가 불편하긴 하네요."

내 대답에 그는 뭐가 그리 웃긴지 한참 웃음을 터뜨린다. 마치 광인처럼 폭소한다. 그가 멱살을 놓자 나는 자리에 앉는다. 그는 계속해서 웃고 또 웃었다.

이윽고 나온다는 말이, 나는 상상도 못 한 말이었다.

"나와 동업하지 않겠나?"

그 말에 나는 들고 있던 찻잔을 도로 내려놓았다.

"네?"

"너와 나라면 충분히 드래곤 슬레이어를 만들 수 있을 거 같은데, 어떤가?"

대체 그건 어디서 주워듣고 온 건지.

7.

이야기를 하자면 그렇다.

그는 내가 가지고 있지 않은 여러 기술을 가지고 있고, 나 역시 그는 알지 못할 지식들을 갖고 있다. 그러니 우리 둘이 힘을 합쳐 공방을 차리자……라는 게 그의 제안이다.

'당장 결정할 필욘 없어. 나도 변덕이 생겨서 제
안해 보는 거니까.'

변덕은 무슨 놈의 변덕이냐 물었더니 그가 이리 답했다.

'십 년 만에 보는 타인의 얼굴이 꽤 마음에 들었
거든.'

그는 그렇게 말하고는 다시 안대를 찼다. 그제야 나는 깨달았다. 그는 소리를 듣기 위해 시각을 포기한 거다. 철의 소리 그 자체에 집중하기 위해서 눈을 가리고, 가장 중요한 청각을 극대화시킨 거다.

"하지만 그래 가지고는 풀무 하나 못 쓸 텐데요. 대장간 일이 쉬운 일이 아니잖습니까."

보통이라면 불가능하다 하겠다. 그러나 우리 같은 사람에게는 가능할지도 모른다. 살에 닿는 불의 열기나 물의 차가움, 모루의 울음과 쇳물의 노래를 들을 수 있으니까.

'지금의 나도 불가능해.'

어디까지나 짐작일 뿐이지 실제로 하는 건 차원이 다른 난이도일 테니까.

"아가씨는 어쩌고 싶으십니까?"

나와 같은 재능을 가진 사람을 처음으로 만났다. 그건 생각 이상으로 가슴이 뛰는 일이었다. 누구도 이해해 주지 않는 나만의 세계를 공유할 수 있는 사람을 만난다는 건 색다른 일이었으니까.

'그러나…….'

그의 검이 울었던 소리가 여전히 귓가에 남아 있다.

보통의 검이라면 결코 그런 소리로 울지 않는다. 거기다 란돌프가 했던 말도 신경 쓰이고.

"당장 답할 생각은 없어요."

나는 그렇게 일축했다. 그러고는 다른 사람에게 말이 새어 나가지 않게 조심해 달라는 당부도 잊지 않았다.

"아가씨께서 저를 너무 과소평가하고 계시는군요."

청안이 가슴을 탕탕 친다. 고맙기도 하고 부끄럽기도 하고.

그렇게 일주일 후, 서신이 도착했다.

예선에 통과했으니 본선 날짜에 맞춰서 오라는 초대장이다. 청안이 말했다.

"드레스를 준비할까요?"

"그게 문제네요. 복장에 대한 첨언이 없어요."

보통은 무슨 옷을 입고 오라고 적혀 있는데 이 초대장에는 없다. 자유라는 건가?

청안이 고민하다가 말을 이어 나갔다.

"보통의 대장장이분들이 연미복을 챙겨 올 것 같지는 않으니까요."

하긴, 연미복을 입은 달빛 모루분들이라니 상상하기 힘들다.

청안이 한마디 덧붙였다.

"그렇다고 해도 여성 대장장이는 처음이니 판단하기 더 어렵네요. 그래도 아가씨, 이런 자리는 부족할 바엔 넘치는 편이 좋지 않을까요? 어차피 심사 위원들이나 연회에 참석할 분들은 격식에 맞춰 올 것 같으니까요."

역시 드레스인가.

청안이 말했다.

"그런 의미에서 에스코트는 제가 하도록 하겠습니다."

나쁘진 않다. 청안도 엄연히 공방의 일원이니까. 그러나 문제는 키다. 에스코트를 하려면 적어도 내 팔을 붙잡고 수행할 정도는 되어야 하는데, 이래서야 엄마 손을 붙잡고 걷는 어린아이로 보인다.

청안의 눈빛이 기대로 차 있자 이걸 대체 어떻게 완곡하게 표현해야 하나 머리가 아파 온다.

"청안."

"네?"

"그…… 에스코트를 하려면 청안이 좀 더 나이가 있어 보여야 하지 않을까요?"

이 이상 부드러운 말은 생각나지 않는다. 청안이 말했다.

"아, 그거라면 걱정 마십시오, 아가씨. 아가씨께서 마왕과 거래를 했듯 저 역시 적절한 보상을 받았거든요."

그러고 보니 그 쌍둥이 마왕이 청안에게도 보상을 할 예정이라고 했고, 청안도 무언가 받았다고 했다.

그 이후 청안은 딱히 그 보상에 대해 언급한 일이 없었다.

"무슨 선물이죠?"

청안이 자신이 매고 있는 목걸이를 풀어서 내게 보여 주었다. 목걸이를 들어 보니 아무런 힘이 느껴지지 않았다. 오히려 마력을 봉인하는 힘이 있었다. 무슨 일인가 싶어 청안을 돌아보려다가 깜짝 놀랐다.

청안의 작은 모습이 어른의 모습으로 변해 있었다. 거기다가 기세 역시 전과 달라서 한눈에 봐도 최상급 신수, 그 이상의 힘이 느껴졌다.

"청……안?"

청안이 속눈썹을 내리깔았다. 아이에서 청년이 된 청안은 낯이 익었지만 어딘가 완전히 다른 사람 같아서 심장이 뛰었다. 청안은 자신의 크림빛 머리카락을 멋쩍게 쓸어내렸다.

"원래 저와 같은 종족들은 마력에 따라 진화하거든요. 두 마왕에게서 최상급 마정석을 받았습니다."

"마정석이라면 마계의……?"

"네, 고위 마족의 심장이죠. 아가씨를 지키려면 저 역시 힘이 필요했기에 사양하지 않고 모두 흡수했습니다. 아, 그…… 말씀 못 드린 건 죄송합니다."

청안은 얼굴을 붉히며 양 검지를 마주친다.

"보시다시피 모습이 너무 달라져서 아가씨께서 혹시 거부감이라도 가지실까 봐서요. 그…… 그래도 마정석에 흑마력은 없었고, 모두 정순한 마력만 담겨 있어서……."

청안이 속눈썹을 살짝 들었다.

"인간들이 지나치게 강해지는 심복을 싫어한다는 건 알

고 있습니다만."

그 말에 그만 웃음이 터져 나왔다.

"뭐예요, 청안. 설마 그것 때문에 걱정한 거예요?"

"아, 네, 네! 그…… 저희 같은 종족들이 인간들에게 죽임을 당하는 이유 중의 하나니까요."

내 표정이 어두워지자 청안이 손을 내저었다.

"아, 아니, 아가씨께서 저를 죽인다는 말은 절대 아닙니다! 다만, 다만……!"

마지막의 마지막에서 겁이 난 모양이다. 어차피 끝까지 감출 수 없다는 것도 알면서 마냥 시간을 끌어 버린 모양이다.

"물론 어떤 귀족가에서는 이종족을 노예로 부리고, 그 노예가 자신보다 강해지면 도주를 시도하거나 복수를 하거나 하는 일이 있으니 죽이곤 하지만요."

청안의 표정이 살짝 어두워진다. 나는 그런 청안의 이마를 손가락으로 딱 후려쳤다.

"제가 그런 사람이 아니라는 건 청안이 잘 알아 줬으면 좋겠어요. 물론 살아온 환경이 다르니 어쩔 수 없다고는 생각하지만."

노예로 잡혀 와서 실험체로 살아왔던 그때를 완전히 잊을 수는 없는 모양이다.

'이제는 자유의 몸이라고 몇 번이나 말해도.'

청안은 버려지는 걸 두려워한다. 내가 그를 버릴 리도 없을뿐더러 버려진다고 해도 다시 연구소에서 그를 잡아갈 리는 없을 텐데. 이게 트라우마라는 걸까.

평상시에는 너무나도 밝아서 느낄 수 없었던 마음의 상처이자 굴레.

"근데 확실히 걱정이긴 하네요."

"뭐, 뭐가요, 아가씨?"

청안의 얼굴이 파랗게 질린다.

"청안의 몸에 맞는 옷이 없어요. 주문을 해야 하는데 돈이 얼마나 들려나?"

내 말에 청안이 울 것처럼 웃었다.

'그래도 평상시에는 작게 있을 겁니다, 아가씨. 옷값 많이 드니까요.' 라면서.

8.

청안의 에스코트를 받아 입구에 들어섰다. 상상하기 힘들다고 생각했는데, 달빛 모루족들도 연미복을 입은 걸 보니 드레스를 입길 한참 잘했구나 싶었다.

"오, 아가씨!"

나는 드레스 끝을 들어 란돌프에게 예를 갖추었다. 란돌프는 부끄러운지 헛기침을 했다.

"이런 드레스를 입으신 건 처음 보네요."

"늘 가벼운 차림이었으니까요."

"아가씨, 이제 다 크셨군요."

목소리가 젖어 있다. 부끄럽다, 부끄러워. 나는 내 손을 붙잡고 눈물까지 흘리려는 란돌프에게 빠른 작별을 고했다. 청안이 입구에서 초대장을 건네자 시종은 그걸 받아서 우리를 안내한다.

시종이 청안의 귀에 뭔가 속닥였다. 청안은 고개를 끄덕이고는 내게 나직하게 말했다.

"익명성을 위해 모든 장인들은 심사가 끝날 때까지 소개하지 않는다고 합니다."

꽤 많은 걸 준비했네.

"또한 따로 장인들만을 위한 룸이 있으니 그곳에서 잠시 대기해 달라고 합니다."

그걸 나한테 직접 말할 수도 있었는데 말이지. 부득불 청안의 귀에 대고 말한 건 그게 예법이라서 그런 거겠지. 은근히 귀찮다.

"알았다고 전해 주세요."

"네, 아가씨."

청안은 시종에게 말을 전했고, 시종은 우리를 방으로 안내했다.

자주색 벨벳 문을 열자 그곳에는 익숙한 얼굴과 익숙지 않은 얼굴이 보였다.

"왔군. 이 소리는 한 명밖에 없지."

그레이가 나를 향해 턱만 까닥이며 인사를 했다.

Chapter 4
철을 가르는 유리

1.

　홀 한가운데는 비단 커튼으로 가려져 있다. 수많은 귀족들이 올해의 예장검에 대해 이야기를 나누었다. 어차피 실전에서 사용되지도 않을 검, 아름다움으로만 논하면 된다. 그러나 아름답다는 건 뭘까?

　이곳에 있는 드레스와 타이의 종류만큼이나 기준은 다양하다.

　아리네스는 와인글라스를 흔들었다. 붉은 머리카락에 새카만 정장을 입은 그녀는 일반적인 드레스 정장이 아닌 몸에 달라붙는 짧은 미니스커트를 입었다.

무릎 위가 고스란히 노출되는 옷이지만 그럼에도 누구 하나 그녀의 허벅지에 차마 눈길조차 주지 못하는 이유는 바로 그녀가 아리네스, 마법 연구소의 소장이자 음모와 모략이 취미인 마녀이기 때문이었다.

'보통은 뒷돈이 오가기 마련이지만.'

다른 지역에 비해 그나마 행정 처리가 투명하다 볼 수 있는 이곳에도 뒷돈은 오간다. 달빛 모루 공방 정도의 기술력만 돼도 문제가 없지만, 어지간한 공방은 예선을 넘는 것만으로도 버겁다. 그러다 보니 관리와 심사 위원들에게 뇌물을 주기 마련이다.

그 이후도 문제다. 본선에서도 유리한 성적을 내기 위해 몇몇 공방들이 뒷돈을 주기도 하고, 어떤 귀족들은 아예 본인의 가문이 직접 관리하는 공방을 뽑기 위해 수를 쓴다.

'이번에는 그런 건 없게 했지.'

그녀의 붉은 매니큐어 위로 새하얀 진주가 빛났다. 루비가 싫증이 났으니 이번에는 손톱에 진주를 얹어 보았다. 그녀는 마음에 들었는지 진주를 샹들리에 빛에 반사해 보다가 문득 홀이 조용해졌다는 걸 깨달았다.

한 사내의 이름이 울렸기 때문이었다.

'아카넬 아르노크.'

이곳을 유일하게 침묵시킬 수 있는 남자. 그는 언제나 그렇듯 검은 머리카락만큼이나 새카만 옷을 입고 걸어왔다. 마치 죽음이 걸어오는 것 같은 소리에 모두가 입을 다물었다.

그런 사내였다. 아카넬 아르노크 대공은.

결코 축제와 연회 같은 곳에 어울리지 않으면서도 그를 빼놓고 갈 수 없는 위치의 남자. 부디 거절해 주길 바라며 초대장을 보내는 남자.

다행스럽게도 아카넬이 초대에 직접 참석하는 일은 드물었다. 그러나 딱 하나, 예외가 있긴 하다.

그는 무표정한 얼굴로 주변을 쓱 훑어봤다. 아리네스는 와인을 마시는 척하며 웃음을 지었다.

'카이를 찾는 거겠지.'

그녀가 있는 연회라면 아무리 바쁜 일정이라도 그는 참석했다. 비록 얼굴 도장만 찍고 나오는 한이 있더라도 반드시 출석하고 마는 남자였다.

'그러나 어쩌나, 나는 쉽게 만나게 해 줄 생각이 없는데.'

사람들은 바보다. 알테리온 가문 사람들도 바보고.

이 안에서 진짜 카이 알테리온이 지니고 있는 가치를 아는 이가 없다. 영웅이 한 시대를 풍미한다면 그녀는 시대가 아닌 세대를 풍미할 수 있다. 그녀가 만든 검이 마이어하트 가문에 남아 있으리라. 그리고 대대손손 핏줄을 보우하리라.

그러기 위해서는 카이 알테리온은 무지카 마이어하트의 것이 되어야 했다. 다행스럽게도 눈앞의 사내는 너무나도 강하고 고고해서 자신이 만든 룰을 지키며 스스로를 가둬 놓고 있었다. 아리네스는 와인을 흔들고는 그를 향해 다가 갔다. 그러고는 가면처럼 웃어 보였다.

"오랜만이군요. 대공 전하."

2.

자리에 앉았다. 그의 옆에 앉는 건 그리 즐겁지는 않았다. 그러나 둥근 탁자에는 이미 본선에 진출한 각 공방의 대표자들이 앉아 있었고, 그들은 당연하게도 그레이 킹 다이아몬드의 양 옆자리를 피해서 앉았다. 빈자리가 여기밖에 없다는 거다.

심지어 란돌프도 이걸 예상을 못 했는지 당황하는 기색이었다. 그렇다고 다른 공방 사람보고 나는 아씨와 앉아야겠으니 자리를 바꿔 달라고 요청하는 것도 우습다.

나는 보호받아야 할 레이디가 아닌 알테리온 공방의 대

표자로 온 거니까.

"음하하, 알테리온 공방의 주인이 검만큼이나 아름다운 미모를 갖추었다 하던데 소문이 과언이 아니구려."

후덕한 인상의 중년 아저씨가 배를 두드렸다. 뭐라고 인사를 해야 할지 망설이자 그가 말했다.

"아, 알테리온 공방은 이런 자리가 처음이니 우리가 누군지도 모르겠구려. 나는 기욤 벨터, 벨터 가문의 장남이오."

알고 있다. 검을 만드는 이라면 누구라도 들어 봤을 이름이다. 벨터 가문은 구제국의 역사와 함께해 온 가문이다. 저렴하고 질 좋은 대량 생산 라인과 귀족이나 고위 기사를 상대하는 고가의 주문 제작 라인을 함께 굴리고 있다. 장사 수완도 좋은 데다가 물건의 품질도 호평. 그 평판을 수백 년 동안 유지해 온 저력 있는 공방이다.

"아, 알고 있습니다! 그 유명한 벨터 가문이죠? 이번에 나온 감압식 제조 방법은 저절로 찬사가 나왔어요. 롱소드의 무게중심이 남달라졌거든요."

"호, 그런 미묘한 차이를 알아본단 말인가? 자네도 보통내기가 아니군."

내가 그에게 악수를 청하자 그가 손을 저었다.

"미안하네. 공방에 만들다 만 검이 있어서 여인의 악수를 받을 수는 없네."

오래된 관습이다. 철은 남자의 영역이다. 전쟁의 신은 여성이다. 여신은 질투가 많아 여자가 대장간에 드나들면 칼에 저주를 한다는 속설이 있다. 그가 말했다.

"너무 기분 나빠 하지 말게나. 우리 가문이 수백 년 동안 쌓아 올린 게 있으니 사소한 것도 무시하고 싶지 않네. 그래도 쟈네의 솜씨와 식견에는 솔직히 나도 탄복했네."

"아닙니다. 대화를 해 주시는 것만으로도 감사하다 생각합니다. 지역에 따라서는 말도 안 거는 곳도 있으니까요."

이렇게 말하면 조금이라도 덜 비참해 보일까. 입가가 떨려 왔지만 억지로 내색을 하지 않으려 애썼다. 란돌프가 말했다.

"미신은 미신일 뿐이오. 우리 아가씨, 아니 알테리온 공방의 검을 지금 마이어하트 가문도 사용하고 있지 않소?"

아가씨라고 하려다가 말을 급히 선회했다. 그 말에 기음 벨터가 답했다.

"미신은 미신일 뿐이라 하더라도 그걸 지켜 왔기에 지금의 우리가 있는 거요. 우리 검을 믿고 사는 분들도 마찬가지일 테지. 내가 제작 중에 여기 와서 사사로이 여성과 손을 잡았다는 걸 알게 된다면 내 검을 믿고 사는 고객들은 무슨 생각을 하겠소."

아아, 끝이 없는 논쟁이다. 란돌프가 소리를 지르려는 걸 눈빛으로 저지했다. 여기서 다른 공방들과 싸워 봤자 아무것도 남지 않는다. 거기다가 이건 정말 답이 나오지 않는 문제다.

전통과 미신은 믿음의 영역이니까. 그때 그레이가 웃음을 터뜨렸다.

"이거 참 배포가 작은 친구로군. 이러니 벨터 가문의 칼이 고루한 소리를 내고 있지."

이야, 싸움 나겠다.

"그레이 킹 다이아몬드, 그거 지금 우리 공방에 대한 도전으로 받아들여도 되는 거요?"

"내가 앞은 못 봐도 알지. 댁 예장검은 올해도 팔순 할멈이나 입는 레이스나 주렁주렁 달고 나올 게 뻔해."

"호오, 피나 부르는 댁의 검이야말로 얼마나 좋은 평가를 받을지 기대되는군."

나는 결국 그레이와 벨터의 사이에 앉았다.

"저 때문에 분쟁이 생긴 것 같군요. 저는 벨터 가문의 의견 역시 존중합니다. 전통과 미신에도 그 나름의 가치가 있으니까요."

날 선 칼날 위를 걷는 기분이다. 나는 작게 한숨을 쉰다.

'나는 언제까지 싸워야 할까.'

내가 할머니가 되고 내 손주가 자랄 때면 그때는 뭔가 바꾸어 있을까. 남자가 밭을 갈고 여자가 씨를 뿌리는 이 세계가 변하지 않는 한은 이 싸움이 계속되는 걸까.

나는 의자에 몸을 파묻는다. 이런 세계에서는 뭐 하나 하는 것도 쉽지가 않다.

이윽고 다른 한 장인이 입을 열었다. 삐딱한 입매의 노인네였는데 주름살이 불도그 같았다.

"애초에 계집아이가 만든 검이 얼마나 대단할지는 모르겠군. 들리는 말로는 그대가 만든 검이 성능이 좋아서가 아닌 다른 이유 때문에 팔린다고 하던데."

"무슨 말씀이시죠?"

내 질문에 그는 답하지 않았다. 그레이가 말했다.

"한마디로 카이, 네가 실력으로 무지카 마이어하트 경에게 검을 판 게 아니라 다리를 벌려서 판 게 아니냐는 소문이지."

찢어 죽이고 싶다.

나를, 내 명예를 모욕한 저들을 전부 죽여 버리고 싶다. 할 수 있다. 어렵진 않았다. 나에게는 그럴 만한 힘이 있다. 당장 내 눈앞에 있는 빵 칼 하나만으로도 음속으로 저놈의 주둥이를 찢어 버리는 것쯤은 버터를 자르는 일보다 쉬웠다.

그레이가 웃었다.

"분노를 하니 소리가 독특해지는군."

"⋯⋯."

나는 주먹을 쥐었다 펴기를 반복했다. 죽음으로서 치욕을 갚게 하는 건 쉽다. 하지만 그 다음은?

늙은 장인이 담배를 입에 문다. 그가 불을 붙이려는 순간, 나는 스푼을 들어 그의 담배를 그저 검풍만으로 자른다.

살의 없는 조용하고 깔끔한 실력 행사에 모두가 입을 다문다. 내가 굳이 나이프가 아닌 스푼을 쥔 건 간단하다. 대장장이라면 무게중심은커녕 날도 없는 은스푼으로 검기를 일으켜 그의 손가락 대신 담배만 잘라 내는 것이 얼마나 어려운지 알 테니까.

잘린 당사자는 담배가 잘렸다는 사실도 모르고 불을 붙이려다 깨닫는다.

"이, 이건⋯⋯."

분노가 치민다. 하지만 늘 그렇다. 죽이는 건 쉽다. 그러나 그건 스트레스 해소법이지 해결책이 아니다. 나 역시 장인이고, 불을 어떻게 다루어야 하는지 알고 있다. 그게 설령 대장간의 불이 아닌 내면의 불일지라 하더라도.

"방금은 제 장인으로서의 명예와 무지카 경의 명예를 동시에 실추시키는 발언이었습니다. 선생님이 무인이시고 제가 기사였다면 목숨을 건 일대일 결투를 청했겠지요."

이름을 모르니 대충 선생님이라고 퉁 쳤다. 그의 손끝이 떨린다.

"혀, 협박하는 건가?"

"아닙니다. 제가 협박하고자 했다면 좀 더 다른 방법을 취했을 겁니다."

그래. 팔의 힘줄을 자르겠다 했겠지. 평생 망치를 쥐지 못하게. 나는 말을 이었다.

"이건 무지카 경의 손실된 명예에 대한 완곡한 경고입니다."

"그, 그런⋯⋯."

그는 담배를 뱉어 절단면을 바라본다. 실력 있는 장인일수록 눈이 트여 있는 법이다. 그가 진정으로 여기 본선에 오를 정도의 실력자라면, 적어도 이게 소드 마스터급의 경지를 가진 자가 만들어 낸 절삭이라는 건 알겠지.

"검객으로서의 실력은 이렇게 보여 드렸으니 제 장인으로서의 실력은 후에 본선이 끝난 뒤 보여 드리겠습니다."

이 말을 듣던 란돌프가 갑자기 울기 시작했다. 곰돌이 신수가 테이블보에 얼굴을 박고 우는 모습은 꽤나 장관이었다.

"라, 란돌프……?"

"아가씨, 너무… 너무 장하십니다! 이 란돌프…… 이렇게 성장한 아가씨를 보고 있자니…… 크흡……!"

그와 동시에 그레이는 뭐가 그리 즐거운지 웃기 시작했다.

한쪽에서는 울고 한쪽에서는 웃는다. 아수라장이다.

그때 문이 열렸다. 무지카 경이었다.

"음?"

우리는 예를 갖추기 위해 모두 일어난다. 란돌프는 끅끅거리며 눈물을 닦고 있고, 그레이는 아직도 실실 웃고 있다.

무지카는 방 안을 한 번 둘러보더니 물었다.

"카이 영애, 무슨 일 있었나?"

댁 이야기를 하고 있었소. 댁이요. 댁이랑 나. 하지만 그대로 말했다가는 저 할배, 담배가 아니라 손모가지가 날아가겠지.

그것도 꽤나 나쁘지 않은 일이었지만 퍼렇게 질린 할배의 얼굴을 보고 있자니 짜증이 밀려온다.

'그래, 뭐. 그 연세에 손목 잘리면 뭐하시겠소.'

나도 여러 일 겪고 나니 참 성격 나빠졌다.

"별일 아닙니다."

봐줬다, 할배. 나한테 빚진 줄 아쇼. 그때 그레이가 말했다.

"무지카 마이어하트 경의 검을 카이 알테리온이 만들었다 했는데 그게 맞소?"

그때 무지카 옆에 있던 시종이 화를 냈다.

"어허! 예의를 지키지 못할까?"

"내 말투가 무례하다는 건 알겠소. 불만이 있다면 목을 치시오."

그레이란 인간은 오늘만 사는 것 같다. 시작부터 화끈하게 목을 내미는군.

무지카가 시종을 제지했다.

"괜찮다. 나도 어차피 예의는 신경 쓰지 않으니까. 그리고 이 검은 카이 알테리온이 만든 게 맞다."

"그것 때문에 이야기가 많소. 듣자 하니 실력이 아닌 다른 요인으로 검을 받았다고 하더만."

아, 까발렸네. 그래도 다리를 벌린다는 말은 없어서 다행이다. 거기까지 갔다면 누구도 수습하지 못했으리라. 화를 낼 줄 알았건만 의외로 무지카는 차분했다. 그는 턱을 괴고 생각에 잠겼다.

"그때 누님이 왜 그런 말을 했는지 이제 좀 이해가 되는군."

대체 아리네스가 그에게 무슨 이야기를 했던 걸까.

무지카가 말했다.

"가장 편한 건 내가 차고 있는 검을 모두에게 보여 주는 거겠지. 하지만 타인의 손이 타는 건 싫다. 이건 내 애검이니까."

그는 허리에 찬 검을 손으로 툭툭 쳤다.

"어차피 예장검을 눈으로 보면 알겠지. 카이 알테리온, 네가 최후의 3인 중의 하나다."

란돌프가 너무 기뻐서 소리를 질렀다. 내 뒤에 서 있던 청안이 손으로 입을 꾹 막고는 울음을 참았다. 그동안 자신의 본분을 다 하기 위해, 내게 방해가 되지 않기 위해 청안은 인형처럼 스스로를 억누르고 있었다.

기쁜 마음에 뒤를 돌아보았다. 벨터 공방주는 허허 웃으며 달관한 표정을 지었고, 할아범의 얼굴이 종이처럼 구겨졌다.

이상했다. 이런 경우라면 마이어하트 경을 모욕하고도 살아남았다는 데에 의의를 둬야 하지 않나? 그는 내가 최후의 3인이라는 게 그런 마음을 지울 만큼이나 증오스러웠던 모양이다.

'어째서? 왜? 내가 여자라서? 아니면…….'

문득 옛날 생각이 났다. 과거 한 메이드가 있었다. 오빠

카녹의 총애를 받았던 메이드였다. 그녀는 몸이 좋지 않았고, 카녹은 그게 조금 걱정스러웠는지 자주 그녀를 챙겨 주곤 했다. 두 사람 사이에 연애 감정이 있었는지는 모르겠지만, 내가 보기에는 단순한 호의 이상은 아니었다.

그런데도 그럴 때면 카녹을 사모했던 자들이 그녀를 지금과 같은 얼굴로 바라보곤 했다.

그녀는 결국 성을 떠났고 다른 저택의 메이드로 들어갔다. 그 이후에 카녹은 두 번 다시 그녀를 만나는 일이 없었다.

그건 질투였다.

사람이 가질 수 있는 가장 추악하고 강렬한 감정이었다.

늙은 공방장의 얼굴에 그때의 메이드들이 겹쳐 보였다.

"마이어하트 경, 허면 다른 둘은 누구이옵니까?"

"벨터 공방과 킹 다이아몬드 공방. 안타깝게도 달빛 모루 공방은 한 표 차이로 떨어졌다. 남은 세 자루의 검을 가지고 최종 심사 중이지."

윽, 떨어졌구나. 그러나 정작 란돌프는 서운해하는 기색이라고는 전혀 보이지 않았다. 오히려 내가 최종 셋에 남았다는 게 더 기쁜 기색이었다. 이미 세 번이나 우승을 차지한 강자의 여유 같은 건가.

그때 노크 소리가 울렸다.

말쑥하게 차려입은 기사가 들어와서는 무지카 경에게 쪽지를 건넸다.

그는 쪽지를 보더니 살짝 눈을 크게 떴다.

"방금 우승자가 가려졌군. 최종 우승자는······."

내 심장 소리가 너무 커져서 그의 말소리가 들리지 않았다.

3.

리버는 조용히 차를 마셨다. 그는 이곳에 저명한 상인의 자격으로 들어와 있다. 가짜 신분을 사는 건 쉬웠다. 애초에 그가 모아 놓은 보물들의 아주 일부만 처분하면 되는 일이었으니까. 그 이후에 이름뿐인 상단을 만들고—결국 그 상단을 운영하긴 했다— 마탑에 은둔 마법사로 들어갔다. 모든 능력을 보여 줄 수는 없었다.

흑마법이 아닌 원소 마법만으로 교수직을 얻었다. 현대에 와서는 그가 있던 시절의 마법 대부분이 사멸했다.

마탑 같은 게 없던 시절이었다. 하나의 마법사가 한 명의 제자를 키웠다. 도제 시스템이란 게 늘 그렇다. 질 좋은 제자를 양성할 수 있지만 대신 그만큼 위험성도 높다. 모든

것을 전수하지 못하고 스승이 죽으면 그 지식은 사라지고
마니까.

덕분에 그의 마법은 몹시도 신선하고 독창적이라는 평가
를 얻었고, 여기에 올 만큼의 지위를 갖게 되었다.

지금의 그는 상단의 주인이자 마탑의 교수다. 리버 윈터,
겨울의 마법사라는 낯간지러운 호칭으로도 불린다.

카이의 목숨을 틀어쥔 이상 천년왕도 그를 어찌하진 못
한다.

'물론 내가 조용히 있을 경우에 한해서 말이지.'

시체를 일으키고 이 지역에 흑마법 공방이라도 만들었다
가는 그 녀석도 행동에 들어갈 거다.

그때 아카넬과 눈이 마주친다.

'안심해. 조용히 있을 생각이니까.'

지금의 그는 세계를 정복할 야망도, 인간을 어둠에 물들
이겠다는 악의도 없다. 그때의 리버는 상자 속에서 죽었다.
지금은 그저 호기심 많고 장난기 넘치는 소년이다.

귀족들이 삼삼오오 세 개의 명검 앞에 모여서 탄성을 질
렀다.

그중에는 누가 봐도 독특한 검이 한 자루 놓여 있었다.

투명한 검날을 가진 유려한 검이 그 자리에 있었다.

스톰 브레이커.

굳이 기원이 담겨 있다는 걸 알지 못해도 누가 만들었는지 알 수 있었다. 모든 귀족들은 그 검을 보며 탄성을 내뱉었다.

검 손잡이는 사철나무를 형상화했다. 가드부터 힐트까지 이어지는 사철나무 위로 얼음처럼 투명한 칼날이 맺혔다. 붉은 루비는 열매를 형상화했고 녹색은 페리도트를 사용했다.

'장식을 많이 사용했는데 화려하다는 느낌이 들지 않아.'

그건 티 없이 투명한 칼날 때문이리라. 가장 많은 귀족들이 그녀의 칼 앞에 서서 감탄을 내뱉었다. 누군가는 천년왕께 진상하는 물건만 아니었다면 자신이 어떻게든 가졌을 거라고 말한다.

'누구도 카이 알테리온이 만든 검인 줄은 모르고 있지.'

누가 봐도 압도적인 표차였다.

스톰 브레이커.

드디어 오랜 어둠을 깨치고 그녀를 나오게 할 검의 이름이었다.

4.

"우승? 우승이라고?"

장인들이 웅성이는 소리가 들린다. 나도 말문이 막혀서 멍하니 서 있었다. 청안이 에스코트를 해 주지 않았다면 그 자리에 한 시간이고 두 시간이고 서 있었을 거다.

청안의 인도에 따라 나는 연회장 중심으로 나왔다.

시종이 귀족들 앞에서 뭔가 장황하게 이야기를 했다. 각 검의 장인을 밝히는 순간이었다. 그러나 검의 장인을 밝히고 있다는 것만 알겠지 무슨 소리를 하는지 들리지가 않았다.

아니, 정신이 혼미해서 그걸 들을 정신조차도 남아 있지 않았다.

그러나 그 정신은 단 한 자루의 검 앞에서 돌아왔다. 칠흑처럼 새카만 검이었다. 검 표면에는 태풍의 눈 같은 무늬가 있었다. 어떻게 보면 사철이나 잡철을 모아서 만든 검처럼 보였다. 무늬가 무척이나 아름다웠다. 그러나 그 검에서는 울음소리가 울렸다. 어린아이가 사지가 찢길 때 들리던 그 소리가 들린다.

나는 그제야 검날을 보고, 그 무늬를 보고, 재질을 보았다. 마법의 힘이 없이는 천천히 냉각시키는 게 절대 불가능하다. 그렇다고 물속에 담갔다가는 표면이 갈라질 거고.

어떻게 이 합금들을 하나로 모아 천천히 식혔는지 깨달았다.

"사람 뱃속에 집어넣었군요. 그것도 살아 있는 사람의 내장에 집어넣었어. 그 체온으로, 흘러내리는 피로 천천히 냉각시켰네요."

그레이가 웃었다.

"빙고."

"오래 사용하는 검에는 염원이 담기죠. 갓 만들어진 검과 오랫동안 관리를 받으며 살아온 검은 소리가 달라요. 나는 그 소리를 들을 수 있어요. 희한하긴 했어요. 어째서 저 검이 그런 소리를 내는지. 천 명을 베도 검이 저런 식으로 울진 않으니까요."

"한 명의 원한이 천 명의 단말마보다 못하리라 생각하는 건가."

"……그러네요. 뜨거운 칼날이 살을 파고들고 내장을 헤집는데, 빨리 죽지도 못하게 하셨겠죠. 죽으면 사후경직이 시작될 테니까요. 피가 응고되지 않도록 약 정도는 먹였을 거고요. 마취는 하셨나요? 최소한 기절이라도 할 수 있게 하셨겠죠?"

"그랬다면 저런 한이 서릴 수가 없지."

"간도 크군요. 저걸 천년왕에게 진상할 생각을 하다니. 한 해의 기원을 담아서."

"겉보기에는 참 아름답잖아."

나는 토기를 억누르고 그를 바라본다. 그가 말했다.

"검은 살인을 하기 위한 도구다. 아무리 아름답게 포장해도 그건 변하지 않아. 너도 알고 있지 않나. 대장장이 중에는 전쟁이 끝나길 바라는 마음으로 제 자식을 쇳물 속에 밀어 넣는 사람도 있어. 그 광기와 내 광기는 다른가? 어차피 살인 도구, 태어나기 전에 죽이나 완성 후에 죽이나 그게 무슨 상관이지?"

말이 가슴을 찔러 들어온다. 나는 숨을 크게 들이쉬었다.

그의 목소리는 너무나도 매력적이라서 당장이라도 눈을 감고 싶을 정도였다. 그가 가지고 있는 광기는 나 역시 갖고 있는 것이기에. 그러나 그렇기에 더더욱 나는 숨을 몰아쉬었다.

그걸 긍정하는 순간 돌이킬 수 없다는 것도 알고 있기에.

"당신의 말은 그저 끝없이 혼돈을 찬미하는 걸로 들리는군요. 법도 규범도 없이 누구든 찔러 죽이자고요. 당신이 만약 전쟁이 끝나길 바랐다면 천년왕께 저런 검을 진상하지는 않았겠죠."

"나는 내 검이 어디서든 쓰이길 원해."

"우리는 검을 만들지만, 가장 좋은 건 이 검이 쓰일 일이 없길 바라는 겁니다. 만약 써야 한다면 최대한 날카롭고 강하게, 주인을 지킬 수 있길 바라야 하죠. 저는 무(武)를 숭배합니다. 그레이 씨, 생명의 무게에 대해 알고 있습니까? 기사와 낭인의 차이는요."

"제법 말을 할 줄 아는군. 나에게 이렇게까지 쏘아붙이는 이는 본 적이 없는데."

그렇겠지. 저 검의 모습과 소리를 들을 수 있는 이가 이 자리에 몇이나 되겠나.

"우리는 살인 도구를 만들어요. 동시에 그 생명의 무게에 책임을 져야 하죠. 전쟁이 끝나길 바라며 아들을 쇳물에 삶은 장인의 말로를 아십니까?"

"자살했지."

"당신에게는 그런 각오가 있나요? 어린아이의 배를 가르며 무슨 각오를 했죠?"

"전쟁이 계속되기를, 더 큰 전쟁이 이루어지길 바랐지."

"그렇다면 그레이 씨, 당신과 저는 같은 공방을 할 수 없겠군요."

"우린 적이 되겠군. 아쉽군. 너 같은 여자를 갖고 싶었는데 말이야. 같은 능력을 지닌 돌연변이가 둘이야, 카이 알테리온. 우리가 낳은 아이가 과연 인류에 어떤 힘을 주게

될지 상상해 보았나."

짝!

뺨을 날렸다. 그의 목소리 안에 담겨 있는 악의와 지배욕을 듣는 순간 이 자식은 미친 자식이라는 생각밖에 들지 않았다. 때리고 나서 내 생각보다 힘이 너무 들어갔다는 것과 저 인간의 뺨이 아니라 두개골이 날아갔을 수도 있다는 사실을 깨달았다.

그러나 내 예상과는 다르게 그는 멀쩡했다. 조금 빨개진 뺨을 만지면서.

귀족들의 이목이 집중된다. 그레이가 웃었다.

"달거리라도 하나?"

그 말에 모두가 웃음을 터뜨린다. 분위기가 온화해지자 그가 나만 들을 수 있게 작게 속삭였다.

"첫째로 우승은 네가 가진다고 해도 준우승한 내 검은 어느 귀족가든 팔릴 거라는 걸 알려 주도록 하지. 그것도 가장 높은 가격을 부를 수 있는 곳에 팔릴 거라는 것."

"그 사람도 천천히 망가지나요?"

"나도 몰라. 왜 내 검을 가지면 그토록 피를 탐하게 되는지. 아마 내 능력과 내가 검을 만드는 방식에 그 이유가 있겠지. 그리고 두 번째."

"뭐죠?"

"나는 언젠가 자넬 가질 거야. 지금같이 온화한 방법은 아니겠지만 말이지."

"최고의 개소리인데요?"

"워워, 숙녀치곤 말이 거칠군. 하지만 네 생각도 타당성이 있어. 너는 반쯤 인간이 아니니까."

"……."

"그런 힘과 인맥을 가진 게 너뿐이라고 생각하는 건 아니겠지?"

"네?"

그 말을 끝으로 그는 앞으로 내려갔다. 맹인 장인이란 여성 대장장이 이상으로 눈에 띄는 존재라서 귀족들이 그를 둘러싼다. 그는 웃었고 농지거리를 던졌다. 그의 그림자가 어둡고 눅눅하게 홀을 감싼다.

그때였다. 누군가가 소리를 질렀다.

"이의 있소! 유리 검이 어째서 검이란 말이오? 예장검도 검 아닌가! 애초에 검의 구실조차 하지 못하는 칼이 어째서 상을 탈 수 있단 말이오!"

아, 그때 그 영감이다. 그때도 노후를 생각해서 기껏 입 다물어 줬구만. 오해를 풀고 반성하는 것까지는 바라지도 않았는데 이렇게 시비를 걸 줄이야.

란돌프가 앞으로 나서려 했다. 나는 그런 란돌프를 만류

했다.

"됐어. 자비는 한 번뿐이면 돼."

나도 그리 착한 성격은 못 된다. 이미 나는 그에게 한 번 기회를 주었다. 나는 시종에게 물었다.

"제 검을 꺼내어 볼 수 있을까요?"

그가 유리 함에서 내 칼을 꺼낸다.

스톰 브레이커. 폭풍을 부수는 검이다.

"이 검을 가장 아름답다 찬사를 보내 주신 분들께 감사의 말씀을 드립니다. 한 가지 더, 방금 전의 이의에 답을 드리겠습니다."

나는 그 영감이 내놓은 검 앞에 섰다. 그러고는 가볍게 검을 휘둘렀다. 검기는 넣지 않고 그저 손목과 팔의 힘만으로 후려친다.

카아아앙!

검이 유리 함째 한 방에 잘려 나간다. 부서진 게 아니다. 잘린 거다. 그게 무엇을 의미하는지 아는 몇몇 귀족들이 탄성을 지른다.

반면에 영감은 모두가 보는 앞에서 자신의 검이 잘리게 되었다. 대장장이가 당할 수 있는 최고의 치욕을 선사했다.

"그리고 저에게 달거리를 하냐고 말씀해 주신 그레이 씨께."

그 순간, 내 검기가 그레이의 검을 직격한다. 순풍처럼 날아간 검기가 유리 벽이 아닌 검만을 베어 냈다.

카아아앙—!

자르진 못했다. 부쉈을 뿐이다. 그러나 검기만으로 유리 벽은 멀쩡하되 안에 든 내용물만을 부쉈다는 게 의미하는 건 단 한 가지였다.

소드 마스터.

이 자리에 있는 누구도 말을 하지 못했다. 누구도 눈앞에서 벌어지는 일에 입을 열지 못했다.

나는 이걸 시종에게 건넸다.

"천년왕 전하께 전해 주세요."

시종은 얼떨결에 스톰 브레이커를 받았다. 대륙 최고 장인들의 검을 부순 이 와중에도 투명한 칼날에는 흠집 하나 남지 않았다.

멀리 있던 대공이 나를 향해 중얼거렸다. 작은 목소리였지만 그 입 모양이 무엇을 의미하는지 알 것 같았다.

'사고 쳤군.'

한편 아리네스는 통쾌해 죽겠다는 듯 와인 잔을 흔들었다.

5.

그렇게 연회는 대파란 속에서 끝났다. 나는 우승했고, 트로피를 받았고, 로열 워런트를 받은 공방주가 되었으며, 동시에 여성 대장장이이자 대륙 유일의 여성 소드 마스터로 등극했다.

또한 오만한, 성격이 더러운, 괴팍한······이라는 수식어 역시 함께 붙게 되었다. 한동안 사교계가 심심하지 않으리라.

아리네스가 소파에 누워 한참을 웃었다.

"적을 너무 많이 만들었어, 아가씨."

"무시당할 바엔 미움받는 게 나아요."

내 단호한 대답에 그녀는 또다시 배를 잡고 깔깔 웃었다. 와인을 그렇게 많이 마셨는데도 어째서 그녀는 얼굴 하나 붉어지지 않는 걸까. 간을 강철로 만들었나.

"그런 네가 마음에 들어. 하지만 걱정도 돼. 공방이라는 곳도 보수적이고, 상류층 사회라는 것도 보수적이야. 너는 두 곳에 모두 도전장을 던진 셈이야."

그녀가 내게 체리 치즈 파이를 건넸다.

치즈 크림을 꽉 채워 넣은 파이 위에 체리를 토핑한 걸로, 바닥은 초코 쿠키를 빻아서 만들었다. 와인 안주로도 그만이지만 그냥 먹어도 맛있다.

'여기 메이드들은 수준급이네.'

물론 청안보다는 못하지만. 파이를 연거푸 입에 밀어 넣고는 와인으로 입을 씻는다. 알코올이 후끈하게 혀뿌리까지 데운다.

"적을 만들지 않으면 나아갈 수 없었어요. 이대로 됐으면 저는 대공의 후광으로 우승했다는 소리까지 들었을걸요."

"호오, 단순히 칼 바보라고 생각했는데 정국을 아주 못 읽는 건 아니구나."

"으, 칼 바보라니 너무하십니다."

나는 술을 다시 삼킨다. 알코올이 다시 목 뒤로 넘어갔다.

그랬다. 그때는 꽤 아수라장이었다. 머스크 할아범—칼을 부술 때가 돼서야 그의 이름을 알았다—의 얼굴이 아주 그냥 볼 만했다.

머스크 공방은 벨터 공방보다 더 오래된 공방이다. 그러나 최근에는 쇠퇴 일로를 걷고 있다는 평가가 있다. 그도 그럴 것이 제작 방식에 지나치게 전통을 고집하다 보니 검술의 진화를 따라가지를 못한다는 이야기.

기사들이 검기를 사용하고 마법사들이 마법을 사용하면

서 검은 더욱 가볍고 얇은 형태로 진화해 갔다. 가벼운 검술을 사용하는 편이 검기의 절삭력을 이용하기 좋기 때문이다.

그러나 머스크 공방은 대검을 기본으로 삼고 있기 때문에 시대의 흐름을 따라가지 못하고 있다.

물론 중, 대검이 아예 안 팔리는 건 아니다.

우리 아버지만 해도 사람보다는 대형 몬스터, 괴수류들을 더 많이 상대하기 때문에 이런 검을 즐겨 사용한다. 그러나 그렇다면 가격을 낮추는 게 옳다.

대형 몬스터나 괴수를 잡는 건 대부분 방랑 기사나 용병이니까. 이런 사람들은 귀족만큼 많은 돈을 가지고 있지 않다.

'그러나 그렇게 되면 브랜드 네임이 떨어진다고 믿는 분들이 있지.'

어려운 문제다. 이제 와서 세검이나 중검을 메인으로 삼기에는 벨터 공방같이 처음부터 롱소드가 주력 상품인 곳에 비해 떨어지고, 그리고 내 입으로 말하기 부끄럽지만 나같이 재능이 있는 신예들의 기술을 배우기에는 자존심이 상한다.

"적이 되길 택한 건 그쪽이었어요."

"그래. 그레이와 머스크를 한 방에 적으로 만들었지. 그

자리에서 남의 칼을 부술 줄은 몰랐어. 그거 꽤 예의 없는 행동이지?"

"다른 사람이 모두가 보는 앞에서 자랑하려고 제 칼을 부쉈으면, 저 그놈 목 졸라 죽였습니다."

"그래 놓고?"

"네. 그래 놓고 그런 거죠. 그러지 않으면 안 될 이유가 있었으니까요."

"너도 무지카도 똑같아. 미움받는 데 너무 익숙해."

"왜 이럴 때 은근슬쩍 그 사람을 엮는 겁니까."

내 말에 그녀가 깔깔 웃었다.

"비슷하니까 그러지. 그렇잖아. 거기다가 거기서 수습해 준 건 무지카였어."

그랬다. 시뻘게진 머스크 할배가 내 멱살을 잡으러 달려오고, 그레이는 즐겁다는 듯 부러진 본인의 칼을 들고 웃었다. 즐거워하는 귀족들도 있었지만 내 무례함에 화를 내는 귀족들도 있었는데, 무지카가 그걸 막았다.

대공이 나서서 내게 손을 뻗었다.

그때 막아선 게 아리네스였다. 그녀는 능숙한 언변으로 대공이 이 일에 개입할 명분을 없애 버리고는 모든 걸 하나의 해프닝으로 만들어 분위기를 진정시켰다.

그 후는 정신이 없었다. 여기저기 인사드리고 스톰 브레

이커와 똑같은 디자인의 검을 원한다는 주문을 그 자리에
서 들었다. 천년왕과 똑같은 재료는 불가능하단 말에 괜찮
다고, 모양만 같으면 된다 했다.

천년왕께 진상한 검이다. 미신도 유명세 앞에서는 사소
해진다.

그는 이미 살아 있는 전설이니까.

모두 돌아갔고, 나는 마지막까지 남아 있다가 아예 며칠
더 묵고 가기로 했다. 상금을 받고 검을 진상하기 전에 몇
가지 절차가 남아 있는데, 공방과 여기를 오갈 바에는 그냥
며칠 묵으면서 다 처리하고 돌아가는 게 낫겠다 싶었다.

메이드들의 인도에 따라 몸을 씻고 편한 옷으로 갈아입
고 나니 그녀가 자기 전에 술 한잔하자고 제안했다. 나는
못 이기는 척 그녀의 서재로 와서 소파에 앉아 있다.

"청안은 먼저 돌아갔나?"

"검을 만들려면 엘의 가게에 주문 넣어야 하거든요."

"아쉽네. 스톰 브레이커와 똑같은 성능은 못 내는 거잖
아."

"그래도 어지간한 검보다는 훨씬 강할 겁니다. 그래 봤
자 실전용으로 주문한 분은 한 분도 안 계시지만요."

"예장검이니까."

"그렇죠."

"원래 로열 워런트로 간택받은 검은 몇 년이 지나도 계속해서 주문이 들어오게 되어 있어. 가격은 얼마 정도로 책정했어?"

그 말에 나는 작게 한숨을 내쉬었다.

"그걸 모르겠어요. 다들 가격도 안 보고 주문하겠다 해서 알았다고는 했지만 그게 문제네요."

"너네 가게는 롱소드도 시세보다 저렴한 편이었잖아."

미리 조사한 건가? 그걸 아실 줄은 몰랐다.

"그렇게라도 안 하면 안 사니까요."

내 말에 그녀가 작게 웃었다.

"바보, 올려. 오히려 보통 시세보다 비싸게 팔아."

대체 왜? 가격이 싸도 장사가 안 되는데 비싼 게 더 잘될 리가 없잖은가. 그녀가 말했다.

"희소성이라는 게 있어."

"희소성요?"

"여성 대장장이이자 여성 소드 마스터가 만든 검이지. 거기다가 올해 예장검 챔피언의 공방이야. 그것만으로도 최고의 희소성을 구가할 수 있다고?"

"으, 말씀은 알겠지만……."

그녀가 내 어깨를 툭 쳤다.

"모두에게 실력을 보여 준 이상 이제 더 이상 그건 약점이 아니게 되었어. 거기다가 앞으로 주문이 몰려올 텐데, 그 주문을 전부 소화할 수 있어?"

무리다. 이미 지금 오고 있는 주문만으로도 상당하지 않은가. 고민하고 있는 나에게 그녀가 말을 이어 나갔다.

"속는 셈치고 일단 이번 예장검만이라도 비싸게 만들어 봐. 사는 귀족들은 오히려 기뻐할 거야."

이해가 가지 않는다. 그러나 상대는 알타미르 마법 연구소 소장이자 마이어하트의 마녀라고 불리는 이다. 절대로 허튼소리를 할 거라는 생각은 들지 않는다.

"알았어요."

"그리고 슬슬 제자라도 만들어. 혼자서 공방을 굴리는 건 한계가 있어."

제자라니. 나한테는 멀게만 느껴진다.

생각해 보면 대장간 일을 나 혼자 한다는 것도 원래는 있을 수 없는 일이었다. 보통 대장간은 두 명 이상이 붙어 있기 마련이다. 나야 워낙 체력이 보통 성인 남자를 뛰어넘고, 주문량 자체가 많지 않았으니 혼자서도 괜찮았지만…… 제자라.

'기술을 가르쳐 주면 보통 도망가지 않나.'

달빛 모루 일족들이야 이미 같은 일족들끼리 모여 만든 공방이니 가능한 거고, 가족도 아니고 생판 남인데 기술은 기술대로 빼먹고 이익은 이익대로 취하는 게 대부분 아니던가.

'하아, 모르겠다.'

아리네스가 말했다.

"오늘은 한잔하고 푹 자. 내일부터 사인해야 할 서류가 많으니까."

대체 무슨 서류들이 그리 많은 걸까. 걱정이 된다.

나는 그렇게 주거니 받거니 하며 수다를 떨었다. 그러다가 술에 취해 깜빡 잠이 들고 말았다. 문득 아리네스의 '누나는 널 응원한단다.' 라는 목소리가 들렸던 것도 같다.

그 다음은 필름이 끊겼다.

6.

꿈을 꾸었다. 새빨간 사과를 먹는 꿈이었다. 사과가 얼마나 맛있는지 먹어도 먹어도 질리지 않았다. 꿈은 거기까지였다.

눈을 뜨니 낯선 침대 위에 누워 있었다.

모닥불이 탁탁, 타오른다. 책장 넘기는 소리가 들린다. 방 안에서는 남자 향수 냄새가 났다. 눈을 들어 보니 새빨간 머리카락의 남성이 책 페이지를 넘기고 있었다.

"여어, 촌년."

"뭐요. 왜 댁이 있는 겁니까."

"설마 술 취해서 기억이 안 나는 거냐?"

머리가 아프다. 대체 나는 얼마나 마신 걸까. 그가 침대 옆 탁자를 턱짓했다.

"마셔."

꿀이 들어 있는 크림 밀크다. 달고 부드럽게, 후끈거리는 위를 진정시켜 준다. 안타깝게도 이놈의 몸은 알코올 분해 속도도 상당한지 천천히 기억이 나기 시작했다.

'아······.'

세상에는 기억이 안 나는 게 좋을 일들이 있다. 특히나 술주정이 그렇다.

"제가 몇 번 토했죠?"

"세 번."

그랬다. 그녀가 건넨 마지막 술을 마시고는 완전히 정신이 끊겨서 울고 토하기를 반복했다. 소리도 질렀다. 머리가 아프다고 그랬다. 그녀는 그런 나를 무지카에게 맡기고는 사라졌다.

무지카도 처음에는 메이드들에게 맡기려고 했다. 사실 그게 맞았다.

'가쥐 마. 가쥐 마요~ 심심하다안~ 말야~'

신이시여. 그때의 나를 쥐어 패 주소서.

"메이드들에게 맡기면 됐잖아요."

"너 토한 건 맡겼어. 대체 옷을 누가 갈아 입혔다고 생각
하나."

그래. 메이드들이 갈아 입혔지. 그래도 술주정을 받아주
고 나를 방에 눕힌 건 무지카였다.

죽을 맛이다. 내 인생의 흑역사를 가장 보여 주고 싶지
않은 사람에게 보여줘 버렸다.

"으, 아으…… 평소처럼 놀리지 그래요."

"이미 충분히 놀리고 있잖아."

그래. 더할 필요도 없이 그때를 상기시켜 주는 것만으로
도 충분히 목이라도 매달고 싶은 심정이다.

"바보냐?"

"바보 아닙니다."

"왜 그런 얕은 수에 넘어가는 거야?"

"무슨 수요?"

내 말에 그가 실수했다는 듯 이마를 찌푸린다. 이윽고 그
가 입술을 뗐다.

"됐어."

두통이 점점 잦아들었다. 기억이 점점 더 선명해져 간다. 나는 작게 숨을 토했다. 세상에는 모르는 게 나은 일들이 있다. 특히 어젯밤의 그 기억 말이지.

"제 술버릇을 알았으니 이제 두 번 다시 마시지 않을 겁니다."

"그래, 아무나 붙잡고 키스하는 거 말이지."

그랬다. 나는 아리네스에게도 키스를 했고, 나를 부축하는 메이드에게도 키스를 했고, 심지어 무지카에게도 키스를 했다. 그것도 토하고 난 입으로.

'죽여 줘. 누가 어제의 나를 죽여 줘.'

쥐구멍에라도 들어가고 싶었지만 쥐구멍이 없으니 이불이라도 뒤집어써야겠다. 그렇게 내가 만든 굴 속에 몸을 파묻고 있는데 무지카가 이불을 확 젖힌다.

"우와악! 혼자 있게 놔둬요."

"바보냐."

"제가 하려고 한 건 아닙니다. 심신이탈, 심신이탈 상태였어요!"

"심신미약이다."

아, 좀 내버려 두라고. 난 진짜 죽고 싶을 만큼 수치스럽다고.

"맛, 진짜 끔찍하더라."

그게 무슨 맛인지 알기에 더 죽고 싶어진다. 나는 손을 뻗어 그에게서 이불을 빼앗는다. 그는 이불을 빼앗기기 싫은지 뒤로 팔을 뺀다. 아, 미치겠다.

두 번 다시는 남 앞에서 취하지 않을 거다.

"돌려줘요."

"이불 뒤집어쓰고 뭐하게."

"제 흑역사를 찔러 죽이는 상상을 하며 마음의 평화를 얻을 겁니다. 뇌 속에서 한 스무 번은 찌를 생각이에요."

거짓말이다. 천 번은 찌를 각오가 되어 있다. 오늘 찌르고, 내일 찌르고, 내년의 카이가 찌르고, 10년 후의 카이가 이때가 떠오를 때마다 찔러 대겠지.

죽어라, 죽어라. 과거의 나!

나는 조금 더 적극적으로 그의 이불을 향해 공격을 감행했다.

"그러려면 조용하고 어둡고 구석진 곳이 필요하다고요."

"이불을 뒤집어쓰고 말이지."

"방구석도 괜찮아요. 하지만 여기는 너무 넓고 밝잖아요."

그는 기가 막힌다는 듯 웃더니만 내 멱살을 붙잡았다. 싸우자는 건가. 그래, 나라도 간밤에 토한 입으로 키스를 감행했다면 아침에 주먹 정도는 날릴 수 있을 것 같다. 맞을지 반격할지 고민하는데 주먹 대신에 숨결이 다가왔다.

쪽.

입술과 입술이 닿았다. 사과 맛이 났다.

간밤에 꾸었던 꿈의 정체를 깨닫는 순간 몸이 뻣뻣하게 굳었다. 그의 혀가 내 치아를 억지로 벌리고 들어온다. 입천장을 긁고는 혀뿌리 깊숙한 곳까지 뜨거운 숨을 불어넣는다.

정신이 돌아오기가 무섭게 그를 밀쳐 낸다.

그가 말했다.

"너 바보냐?"

"어어······."

뭐라고 말해야 할까. 여기서 뭐라고 답을 해야 할까. 그가 내 머리를 툭 건드린다.

"우유 맛 나네."

그러고는 성큼성큼 방을 나갔다.

나는 아무 말도 못 하고 그가 있던 자리만 바라보게 되었다. 그가 있던 곳에는 먹다 남은 애플시나몬 티가 차갑게 식어 있었다.

7.

대체 나한테 무슨 일이 일어난 걸까. 아니, 나는 대체 뭘 한 걸까.

'이건 다 아리네스 탓이다.'

애초에 밤에 술 한잔하자고 꼬드긴 건 그녀 아닌가. 그 후에 나는 씻고 옷을 갈아입고 그를 극도로 피해 다니면서 아리네스가 들고 오는 서류들에 사인을 하며 지냈다. 아마 이틀 정도면 중요한 절차는 다 끝날 거고 무사히 천년왕께 검을 진상할 수 있을 거다.

무지카 역시 보이지 않았는데 그도 나를 피하는 건지 아니면 단순히 바쁜 건지는 알 수 없었다. 그저 내게는 다행인 일이었다.

"자, 마지막 계약서."

대체 이놈의 왕국은 왜 이다지도 절차와 행정이 복잡한 것인가.

그래도 기쁜 마음으로 냅다 사인까지 하고 나니 어느덧 해는 이미 저물어 있었다. 그때 시종이 그녀에게 편지를 건넸다. 여기 있는 내내 그녀가 어디서 왔는지 모를 편지를 받았던 게 한두 번은 아니었던 터라 대수롭지 않게 넘겼다.

"아."

문득 올려다본 그녀의 눈에서 푸른빛이 확장되었다. 그녀는 손톱으로 관자놀이를 툭툭 치다가 입을 열었다.

"이런."

그녀가 저런 표정을 짓는 건 처음 본다. 내가 하늘에 맹세코 여태 그녀에게서 본 표정이라고는 '도도한', '자신감에 찬', '히스테릭한', '음모를 꾸미는' 등의 형용사가 매우 잘 어울리는 얼굴들뿐이었으니까.

"너 오래."

"네?"

나는 펜대로 내 가슴께를 가리켰다.

"저요?"

"응. 천년왕 전하께서, 직접 검을 받고 싶으시대."

그 말에 내가 한다는 대답은 겨우 '……그 사람 진짜로 살아 있어요?' 정도였다.

내 얼빠진 대답에도 아랑곳하지 않고 그녀가 말했다.

"어, 원래라면 보통 이건 단순한 의식일 뿐이지 그 이상의 의미는 없어. 당연한 말이지만 직접 전하께서 검을 받는 일은 금세기에 한 번도 없었어. 나 참, 대체 무슨 변덕이지?"

그녀는 무슨 바람난 옆집 오빠에 대해 말하듯 투덜거리더니 손톱으로 테이블을 톡톡톡 두드린다.

이런 사태는 나도 생각해 보지 않았던지라, 고작 한다는 말이 이거였다.

"드…레스는 뭘 입어야 하죠?"

"이 판국에 드레스가 문제일 것 같아? 분명 무슨 꿍꿍이가 있는 게 분명해, 그 양반!"

"꼭 무슨 이웃사촌처럼 말씀하시네요."

그녀는 뭔가 내게 말하려다가 입술을 깨문다.

"너… 아니다, 어차피 알게 되겠지. 아무튼 이렇게 일이 돌아갈 줄은 몰랐네. 조심해야 해, 카이 알테리온."

"칼만 전해 주면 되는 거 아닌가요?"

"그 양반…… 아니, 천년왕 전하를 그렇게 쉽게 보지 마. 뱃속에 뱀이 천 마리 정도는 살고 있다고."

이미 제 눈앞에는 천 년 묵은 마녀가 살고 계십니다만. 그래도 기분이 나쁘진 않다.

"걱정해 줘서 고마워요."

"……!"

내 말에 그녀의 얼굴이 한순간 붉어진다. 그녀는 내 뺨을 주욱 잡아당긴다.

"이 귀여운 말을 하는 게 요 입이니? 응?!"

"으허, 아해어여!(으악, 아파요!)"

그녀는 손을 놓았다.

"대공, 아니 무지카와 가는 게 좋겠다. 대공은 안 돼. 일이 복잡해져."

아, 무지카는 피하고 싶다. 그렇지만 대공은…… 더 피하고 싶다. 그의 앞에 서면 왠지 모르겠지만 자꾸만 내가 아니게 되는 기분이었으니까.

"이번에도 무슨 호화찬란한 연회가 열리고, 팡파르와 함께 천년왕께서 내려오시면 저는 공손히 검을 바치면 되는 건가요?"

"아니, 그냥 가서 주면 돼. 전하는 그런 화려한 행사 정~말 싫어하시거든."

"직접 만나 보셨어요?"

내 물음에 그녀는 희미한 미소를 지었다. 그 미소가 무엇을 뜻하는지 알게 되기까지 그리 긴 시간이 걸리지 않았다.

8.

이튿날 아침, 나는 아리네스가 빌려준 드레스를 입었다. 코르셋에 12겹은 되는 드레스를 줄 줄 알았는데 그냥 단순한 무늬의 드레스였다.

원단이 고급스럽고 자수가 조금 들어 있다는 것을 제외

하고는 시원한 느낌에 소재도 가볍다. 거기에 간단한 화장과 머리를 조금 매만진 게 전부.

"의외라는 표정이네."

"아, 네. 격식에 안 맞는 건 아닐까 하고요."

"날 믿어. 만약 12단 웨딩 케이크 같은 드레스를 입고 알현했다가는 일생일대의 흑역사가 될 테니까."

이렇게 입고 가서 예의 없다고 면전에서 두들겨 맞으면 그건 그거대로 흑역사가 될 것 같은데 말입니다. 아마 대륙 끝에서 끝까지 모든 살롱에서 나를 까겠죠. 그것도 내년 명절 때까지 말이죠.

"믿어 봐."

그녀는 그리 말하더니 푸른색 깃털 머리핀을 꺼냈다.

"이건 선물이야."

"비싸 보이는데요? 게다가 새것 같고."

깃털 중심에는 커다란 사파이어가 박혀 있었는데, 화려하지는 않지만 세공 하나하나에서 장인의 손길이 느껴졌다.

"어서 하세요. 아가씨."

그녀가 메이드에게 건네자 메이드들은 내가 만류하기도 전에 머리에 꽂았다.

"이제 헌 거네."

"그게 무슨……."

"한번 썼으니 헌 거지. 그러면 새 거야? 이젠 네 거야. 되팔든지 말든지 알아서 해."

이렇게까지 나오니 내가 할 수 있는 게 없다.

나는 작게 한숨을 쉬고는 몸을 일으켰다. 거울 속에는 파랑새를 닮은 소녀가 서 있었다.

"자주 그렇게 입고 다녀. 그을림 자국 얼굴에 묻히고 살지 말고."

"대장간이니까 어쩔 수 없잖습니까."

"맨날 남자들처럼 입고 다니지도 말고."

"그거야 작업하려면……."

"알아. 하지만 가끔은 이렇게 꾸미는 것도 좋잖아. 너는 젊고 충분히 예쁜데, 미모가 아깝지 않아?"

거울 속의 소녀가 나를 어색하게 바라본다. 크림색 뺨 위로 복숭아가 피었다. 브로치는 소녀의 눈동자 색과 똑같아서 마치 화가가 같은 물감으로 칠한 것만 같았다.

그저 격식에 맞추기 위해서 적당히 드레스에 몸을 집어넣었던 것과는 달랐다.

그만큼 아리네스가 센스가 좋기도 했고, 나 자신도 나를 너무 꾸밀 줄 모르기도 했다.

"충고 고맙습니다."

"사내아이처럼 대답하기는."

그녀는 싫지 않은지 웃음을 터뜨렸다. 그러고는 내 손을 붙잡았다.

"검만 전해 주고 돌아오는 거야."

마치 먼 항해를 떠나는 연인에게 하는 충고인 양 그녀는 표정을 거두고 진지하게 말했다.

"네."

"……그래."

그녀가 손을 놓았다.

문밖으로 나가니 기사 정복을 입은 무지카가 서 있었다. 그는 아무 말도 없이 한참이나 나를 바라보았다. 에스코트를 위해 남자가 먼저 팔을 내미는 게 예의긴 하다만 그는 아무것도 하질 않았다. 내가 먼저 내밀어야 하나 해서 손을 뻗었는데도 반응이 없다.

"……."

아리네스가 크흠, 헛기침을 하자 그제야 그가 정신을 차렸다.

"왜 이리 오래 걸렸어?"

그러게나 말입니다요. 나는 작게 한숨을 내쉬었다. 아리네스는 뭐가 그리 즐거운지 배를 잡고 깔깔 웃었다.

"야, 너 얼굴 빨개졌다."

"그게 무슨……!"

진짜로 빨개지긴 했다. 별로 티가 많이 나지는 않지만. 무지카는 누나와 한참을 투닥이더니 그제야 내게 팔을 내밀었다.

"가자."

나는 그의 팔 위에 내 손을 얹었다.

'단단하네.'

카녹 오빠도 이런 느낌이긴 했다. 이쪽이 카녹 오빠보다 좀 더 체온이 높지만.

아리네스가 유쾌하게 웃었다.

"자, 그러면 출발할까? 천년왕 전하를 만나러."

으, 무섭다. 이 앞에서는 대체 무슨 일이 벌어지는 걸까.

9.

마차가 성 앞에 도착하자 심장이 튀어나오는 줄 알았다. 새하얀 성은 한 치의 먼지조차 허락하지 않는 것만 같았다. 근위병 옆을 지날 때 살짝 몸을 비틀거렸던 것 같다.

'고작 이런 걸로 쫄다니 촌스럽긴.'이라고 이죽거릴 줄 알았는데 무지카는 아무 말도 없었다. 오히려 그가 더 긴장을 하고 있었다.

'성에 와서?'

아니다. 그는 기사단장이다. 이런 성에는 몇 번이나 왔을 것이다.

'그렇다면 무지카도 천년왕 전하를 뵌 적이 없어서?'

말이 된다. 천년왕은 금세기 동안 스스로를 걸어 잠근 채 그 누구도 만나지 않았으니까. 그를 시중드는 자들은 모두 장님이나 벙어리뿐이라고 했다.

재미있게도 여기에 있는 근위기사들조차도 자신의 주군이 어떤 이인지 아는 사람이 없다는 거다.

그럼에도 천년왕이 존재하고 그가 살아 있다는 것을 의심하는 이가 아무도 없다. 내가 이방인이기에 느끼는 이질감이겠지.

"무지카도 그를 처음 보나요?"

"……."

무지카는 대답하지 않았다. 긍정이라기보다는 부정에 가까운 느낌이었다.

본성에 들어서자 시종이 우리를 안내했다.

그는 벙어리였다.

'소문이 진짜였구나.'

목을 보니 목울대가 있어야 할 곳에 흉터가 깊게 파여 있었다. 왕을 모시기 위해 본인 손으로 직접 성대를 지진 거다.

그는 나를 향해 미소를 지었다. 그러고는 다시 깊게 인사한다.

'어, 이것도 뭔가 예법인 건가?'

내가 기본적인 귀족의 예법은 알고 있다만 그렇다고 모든 지역의 예법을 다 아는 건 아니다.

'아리네스에게 특별히 들은 게 없는데?'

그러나 다른 점이 있었다면 그걸 그녀가 말하지 않을 리가 없다. 그녀는 내가 아는 이 세상에서 가장 꼼꼼한 여자니까.

나 역시 치마를 들고 인사하려 하자 무지카가 막았다.

"하지 마."

"네?"

"두 번의 인사는 왕비에게 하는 예법이다."

내가 당황하자 그가 덧붙여서 말했다.

"그걸 네가 받아 주면 너는 이 성을 나갈 수 없게 돼."

등에 소름이 돋았다. 대체 무슨 뜻일까? 되묻기도 전에 시종은 앞서 걸어갔다.

'대체 천년왕은 어떤 존재일까.'

무지카가 들고 있는 상자 안, 스톰 브레이커가 맑은 울음을 토했다.

　얼마나 더 갔을까. 붉은 선이 그려져 있는 곳까지 도달했다. 시종이 그 자리에 멈춰 섰다. 근위병이 시종 대신 말했다.
　"여기서부터는 마이어하트 경은 들어가실 수 없습니다."
　무지카는 살짝 혀를 찼다. 왕의 명이다. 기사단장인 그는 그 말을 따라야만 했다.
　"칼만 전해 주고 돌아와라. 촌년."
　왜일까. 분명 나를 조롱하는 말투임에도 어쩐지 걱정이 느껴졌다.
　"걱정 마십시오."
　무지카는 내게 검이 든 상자를 건넸다. 나는 상자를 받아 끌어안았다. 마치 어두운 밤, 곰 인형을 끌어안는 어린아이처럼.
　시종이 성큼 앞서 나갔다.
　나는 그를 쫓아 안으로 들어갔다.

10.

흰 복도에는 붉은 융단이 깔려 있다. 분명 발 아래로 닿는 건 실크의 감촉이지만, 어쩐지 사람의 핏줄기 같아 보였다.

아마 하얗고 하얀 이 성 때문인지도 몰랐다.

천년왕.

이 왕국을 지탱한 한 남자.

인간은 아니라고 했다. 그만큼 오래 살았으니 당연히 인간은 아니겠지. 드래곤도 아니라고 했다. 그리 놀랄 일은 아니다. 이미 나는 아크 리치와 하이 엘프를 만났고 마족을, 마왕을 만났으니까. 그러나 그의 인내심에는 꽤나 놀랄 만하다.

그렇게 오래 살아가는 존재들은 보통 세상과 격리되어 살아가곤 한다.

하이 엘프들은 자신들만의 도시에서 지내고, 드래곤은 수백 년에 한 번씩 인간 세상에서 놀다가 돌아간다. 리버는 어떻게 살아갈지 모르겠지만 그동안 갇혀 지낸 시간이 길었으니 한풀이하고 나면 어딘가의 연구소에 처박혀 지내겠지. 그러나 천년왕은 다르다.

사람이 하루살이들과 살아갈 수는 없다.

자고 일어나면 사라져 버릴 존재들과 계속 교류하며 맨 정신을 유지하는 건 극히 힘든 일이다.

천년왕이 스스로를 유폐시킨 건 그 이유 때문이겠지만, 그렇다고 그가 이 왕국에서 손을 놓은 건 아니다.

알타미르는 살아 숨 쉬고 있다.

천년왕의 광기와 같은 집착이 이곳을 유지하고 있는 셈이었다.

하나의 마을을 유지하는 게 아니다. 국가를, 연합을, 오롯이 그 혼자서 지탱하고 있다.

'춥다.'

흰 복도에는 냉기가 감돌았다.

시종과 나의 발자국 소리만이 맴돈다.

아무런 냄새도 나지 않는 무기질의 영역 속에서 그는 무엇을 하며 살고 있는 걸까.

탁.

이윽고 그의 걸음이 멈추었다. 붉은 길이 드디어 끝났다.

새하얀 문이 보인다. 문이 천천히 열렸다. 심장이 목 밖으로 튀어나올 것만 같았다.

'안으로.'

시종의 손짓에 따라 나는 그곳으로 들어간다. 그곳에는 높다란 계단과 그 위에 놓인 왕좌가 보였다. 그러나 얇은 휘장이 내려져 있어서 왕좌의 주인은 보이지 않았다.

그 안에서 느껴지는 인기척이 그곳에 누군가가 있다는 것만 말해 주고 있었다.

'어, 그러니까 알현시의 예법은……'

긴장으로 온몸이 뻣뻣하다. 나는 스커트를 들어 올리고는 왕께 예를 표하려 했다.

"그만."

휘장 안의 남자가 말했다. 어쩐지 어디선가 들어 본 목소리였지만 기분 탓일 거다.

예를 표하지 말라는 건가? 아니면 그만 물러가라는 건가?

눈이 빙글빙글 돈다.

내가 머뭇거리자 웃음소리가 휘장 안에서 울렸다. 그 안에서 하얀 남자의 손이 나왔다.

"이리로, 가까이."

이것만은 어쩌라는 건지 명백하게 알 수 있었다.

'그런데 궁중 예법 중에 이런 것도 있었나?'

그래도 오라고 하니 올라가는 게 예의에 맞는 것 같은데.

'아, 모르겠다. 까라면 까야지.'

나는 계단을 밟으며 하나하나 올라갔다. 그러고는 마지막 계단, 휘장 앞에 서서 한쪽 무릎을 꿇었다.

"고개를 들라."

내가 고개를 드는 순간, 하얀 손이 내 손목을 붙잡아 휘장 안쪽으로 잡아당겼다.

'으헛?!'

은색 머리카락이 보였다.

그는 나를 향해 개구쟁이처럼 웃고 있었다.

"엘?! 당신이 왜 여기에 있는 거죠?"

"놀러 왔지요."

나는 바보가 아니다.

내 머릿속의 퍼즐이 완벽하게 맞춰진다.

"당신이 천년왕인가요?"

"쉿."

그는 대답 대신에 내 머리에 왕관을 씌웠다.

〈다음 권에 계속〉

외전

악우

1.

　남자의 목소리는 새와 같았다. 울음소리를 뜻하는 게 아니다. 어조라든가 어투라든가 느리게 뒷말을 이어 나가는 습관이 크고 하얗고 목이 긴 새와 닮아 있었다.

　행동거지도 새를 닮았다. 술자리의 그는 늘 구부정하게 목을 빼고는 턱을 괴곤 했다.

　그가 주사위를 그릇 속에 담고는 마구 흔들었다.

　―속임수도, 마법도 없는 거야. 알았지? 아크란 아르노크.

블랙드래곤 아크란이든 아카넬 아르노크 공작이든 하나만 해 줬으면 좋겠다. 남자는 늘 묘하게 섞인 이름으로 부르곤 했다.

'아아. 그래. 놀아 주도록 하지. 이번에도 술 내기인가? 뭘 걸 건가?'

남자의 뺨은 이미 술 냄새로 가득 찼다. 긴 앞머리로 얼굴을 가리고는 계집애처럼 비실비실 웃었다. 남자가 말했다.

―응. 내가 이기면 너는 내 부탁을 하나 들어줘야 해. 뭐든지. 알았지? 네가 들어줄 수 있는 선에서.

흔한 술자리의 소원 내기다. 눈앞에 있는 이가 다른 이가 아니었다면 들어줬을지도 모른다. 알테리온의 현 가주이자 전설의 용사님이라는 말이 부족하지 않은 이 남자가 아니었다면.

'호오, 내 정체를 자네는 알고 있지 않나? 내가 들어줄 수 있는 소원의 범위는 보통이라면 상상도 못 할 범주라는 걸 알고 있을 텐데? 그렇다면 내가 들어주는 소원과 동등한 가치로 자네는 뭘 걸 건가.'

남자가 웃었다. 여자처럼 웃던 수줍은 웃음에서 개구쟁이 같은 웃음으로 변한다.

―목숨. 내 목숨을 걸지. 그리고 나는 짝에 걸겠어.

승낙도 하기 전에 남자는 주사위를 굴렸다.

2.

어째서일까. 이제 와서 옛 친우의 꿈을 꾸게 된 것은.

아무래도 카이 알테리온 그 망할 친우 놈의 딸 때문이리라. 대체 이 여자는 지 아비랑 똑같이 생긴 주제에 고분고분한 맛은 하나도 없고 가만히 있어도 사고 치는 게 일이다.

지 아버지는 사고를 쳐도 인류를 구한다, 세계를 구한다, 이런 사명이라도 갖고 사고를 쳤다. 예전에도 전설에 나오는 흉악한 마수를 하나 잡는답시고 제방을 터뜨리는 바람에 그 일대 마을을 전부 물바다로 만들지 않았나.

덕분에 한 해 농사가 망해서 아카넬이 대신 곡식을 보내야 했다.

'걸어 다니는 자연재해지.'

목표가 생기면 직진이다. 주변을 돌아보질 않는다. 그 부분까지 카이가 빼다 박았다. 그나마 다행인 건 이 여자가 꽂힌 건 인류 평화가 아니라 도검 제작 쪽이라는 사실 정도 겠다.

'물론 그것도 스케일이 다르지.'

인간, 엘프, 마족, 마왕.

전 이종족이 그녀의 검을 노리고 있다.

이 와중에 다행스러운 것은, 아주 다행스러운 것은, 그녀의 아버지가 물려준 게 그 성격만이 아니라 검에 대한 재능도 같이 물려줬다는 것. 그녀는 강하다. 어지간한 잡졸 정도는 맨주먹으로 두들겨 패도 된다. 그리고 또 한 가지는 그녀의 주변에 상식을 뛰어넘는 강한 이들이 포진해 있다는 것.

'아슬아슬하게 줄타기하는 느낌이지.'

그녀는 자신이 얼마나 가치 있는 자인지 모른다. 아카넬 자신도 균형이 얼마나 지속될지는 모른다. 엄연히 말해 그녀를 지켜 주는 이들은 선인보다는 한없이 악인에 가까운 이들이다.

'사이좋게'라는 단어 자체를 모르고 사는 이들이다.

그 위에서 숙녀는 춤을 추고 있다. 남의 속도 모르고.

"내가 왜 그때 홀이라고 말했을까."

놈이 주사위를 굴렸을 때, 반사적으로 홀이라고 말한 게 화근이었다. 애초에 말려들어서는 안 됐다.

아니면 처음 만났던 그 날, 칼을 부러뜨리고는 꽁꽁 묶어서 영지에 감금시켰어야 했다. 평생 원망하거나 말거나.

그때만 해도 일이 이렇게 커질 줄 누가 알았나.

경외를 담아 '별을 부수는 드래곤'이라 불리는 존재, 천하의 아크란조차도 상상 못 한 일이다.

그때 시종이 노크를 하며 들어왔다. 예를 갖추려 하기에 손을 들어 막았다.

"본론만."

엘이 봤다면 '나이가 들면 성격이 급해진다던데~' 하면서 비아냥거리겠지. 그런 주제에 엘, 그놈도 한성격하지 않나. 아크란은 그리 생각했다.

시종은 쟁반에 서신을 담아 건네주었다.

"영지에 온천수가 터진 건가? 뭐, 그 근방은 휴화산 지역이니 언제라도……."

서신을 읽어 내려가던 남자의 입가가 굳는다. 이윽고 그가 말했다.

"……즉시 가겠다 전해라."

아카넬은 코트를 꿰어 입었다.

3.

온천수가 터졌다고는 해도 제대로 된 설비를 하지 않는

한 그 지역은 진흙탕 천지가 될 게 뻔했다. 그러나 아카넬이 도착한 곳에는 조악하기는 하나 제대로 노천온천의 형태를 한 무언가가 있었다. 네모진 바닥 타일을 만져 보니 끌이나 정으로 잘라 낸 게 아니었다. 검으로, 그것도 검기만으로 잘라 냈다.

이 근방을 가득 채우기 위해서는 수천, 수만 장의 타일이 필요하다. 그걸 화강암으로 잘라다가 정렬시켜 놓았다.

"여어, 아카넬."

"용사질 하러 가더니 이젠 토목공사에 재미라도 들린 건가."

빛바랜 금색 머리카락에 근육질 남자의 등이 보인다.

"하하하, 여행이 길어지니 온갖 잡기술이 생기더군."

아카넬이 그에게 다가간다. 남자가 손을 뻗어 아카넬을 제지했다.

"탕에 옷을 입고 들어오다니. 예의가 아니지."

"탕?"

"이 정도면 누가 봐도 훌륭한 노천탕 아닌가."

"악취미군."

김이 걷히며 친우의 한쪽 어깨가 보였다. 깊게 파인 상흔을 보자 아카넬은 아무 말 없이 손가락으로 넥타이를 풀었다. 이 친구는 늘 그랬다. 예고 없이 나타났다가 예고 없이 사라지곤 했다. 그때마다 늘 보통 사람이라면 죽지 않아도 이상할 만큼 깊은 상처가 생겼다.

"그 몸으로 여길 만든 건가?"

"땅은 내가 다져 놨으니 인부를 쓰든 뭘 쓰든 마무리해. 건물만 올리면 될 거 같던데, 뭐."

"망할 자식."

아카넬이 셔츠를 벗자 마른 근육이 모습을 드러냈다. 친우와는 달리 흉터 하나 없는 말끔한 몸이었다.

바지와 브리프까지 벗고는 탕 안으로 들어갔다.

"상처는?"

"아아, 방심하다 당했어. 신관을 찾아갔는데 강력한 저주가 걸려 있어서 풀 수 없다더군."

"그래서 나한테 온 건가?"

"응. 네 녀석이라면 어떻게든 해 줄 수 있을까 싶어서."

놈의 얼굴에서 카이가 떠올랐다. 아카넬은 그의 상처를 살펴보더니 작게 한숨을 쉬었다.

"냉기의 저주군. 혈관을 타고 계속해서 체온을 떨어뜨리는 종류의 것이야. 이번에는 상대가 누군가? 고대의 마수? 아니면 세계를 정복하려는 악의 세력?"

친우는 한숨을 쉬더니 눈가를 문질렀다.

"나도 몰라."

"뭐?"

"아직은 말해 줄 수 없어."

그의 말에 아카넬은 입을 다물었다. 흔치 않은 일이었다. 보통 이 녀석은 아카넬 앞에서 늘 무용담을 늘어놓고 싶어서 안달이 나 있다. 지난달에는 어떤 모험을 했는지, 어떤 존재를 퇴치했는지, 어떤 동료를 만났는지.

그런 이 녀석을 보고 있으면 아카넬은 절로 웃음이 나곤 했다.

불면 바로 사라질 주제에 마치 평생이라도 살 것처럼 쏟아내는 에너지가 이 오래된 심장을 덥히곤 했다.

"네가 그렇다면 그런 거겠지."

"더 안 물어?"

"네가 지금 당한 상처만 하더라도 보통 상처가 아니니까. 그동안 싸웠던 적들과는 달리 상상을 초월했겠지."

그 말에 친우는 결국 무너지듯 드러눕는다. 얼굴만 물 위에 띄워 놓고는 하늘을 한참이나 바라보았다.

"내 딸은 어때?"

"최악."

아카넬은 두 글자를 내뱉고는 같이 드러누웠다. 친우는 한참이나 웃음을 터뜨렸다.

"와, 천하의 아크란 아르노크 공작을 궁지에 몰아넣다니 대단한데!"

"인간 이름인 아카넬이든 드래곤 이름인 아크란이든 하나만 해라. 그리고 궁지는 무슨 궁지."

"그도 그렇잖아. 네가 그랬지. 인간은 개미 같다고. 개미들에게 설탕을 줄 수는 있어도 개미 얼굴 하나하나 알아보면서 그중 하나에 관심을 쏟는 건 어려운 일이라고."

"……"

"나조차도 네 녀석의 관심을 끄는 데 몇 년이 걸렸다. 유희로서의 아카넬이 아니라 드래곤으로서의 아크란이 인간 용사인 나를 바라보게 하는 데 몇 년이 걸렸어. 그런데 내 딸은 그걸 너무나도 쉽게 하는군."

"너는 대체……."

"잘해 줘라. 태풍 같은 아이지만 잘 보면 귀여운 데도 있어."

그는 작게 숨을 내쉬었다. 밤하늘에 흐트러지는 별을 바라보다가 그가 입술을 열었다.

"내 입으로 말하긴 좀 그래도, 날 닮아서 그만하면 반반하게 생겼잖아."

그러더니 뭐가 그리 웃긴지 한참을 웃었다.

"잘해 줘야 해. 울리면 카녹이 죽이러 올 테니까."

"카녹?"

"응, 그 녀석은 돌연변이야. 내 자식이지만 어쩌다 저렇게 비정한 놈을 낳았는지."

그 말에 아카넬은 잠깐 말문이 막혔다. 카이 대신 십자수를 해 주다가 걸린다거나 주방에서 몰래 술을 훔쳐 먹다가 걸리는 그 한량을 말하는 건가, 하고.

"비정함을 따진다면 카이가 훨씬 강단이 있지 않나?"

그의 말에 친우는 그냥 웃기만 했다. 한참 있다가 한다는 말이.

"그 녀석은 생존 본능이 뛰어나. 어떻게 해야 사람들이 자신에게 호감을 갖게 되는지 알고 있지. 타고났다고나 할까? 선악을 뛰어넘어서 그런 사람 있잖나. 같이 있으면 저도 모르게 술 한잔하게 되는 그런 사람 말이지. 그런데 그렇게 웃는 얼굴로 이튿날 내 배에 칼을 심고 있는 그런 사람."

"자네 딸은 절대 될 수 없는 그런 사람 말이지."

"그래. 카이는 죽었다 깨어나도 결코 될 수 없지. 하지만 카녹은 그런 게 가능해. 여차하면 감정 같은 건 전부 한쪽으로 밀어 넣는 놈이야. 지 애비도 적이라는 판단이 들면 칼을 쑤실걸."

"믿기지 않는군."

"아카넬, 너는 그래서 문제야. 인간에 대해 너무 몰라.

물론 카녹 그 녀석에 대해 알아챈 사람이라고 해 봐야 나 정도겠지만. 베지스에겐 그저 여전히 귀여운 장남이지.”

친우는 ‘평생 모를 거야. 같이 전장에 나가 볼 일이 없으니까.’라며 씁쓸하게 웃었다. 그러고는 말을 이어 나갔다.

“어쨌든 카이를 괴롭히면 카녹이 널 죽이러 올 거다. 그 녀석은 나 이상으로 재능이 있는 놈이니까.”

“카녹이 그리도 카이를 끔찍이 여기던가? 겉으로 봐서는 가끔 놀다 가는 팔불출 오빠로밖에 보이질 않던데.”

그 말에 친우는 아차, 하고 혀를 찼다.

“말 안 했나? 카이와 카녹은 어릴 때는 서로가 서로에 대한 구분이 없었어. 한쪽이 다치면 다른 한쪽이 똑같은 고통을 느꼈지. 진짜로 느끼는 건지 느낀다고 착각하는 건지는 모르겠다만.”

무가에서 자란 쌍둥이 중에 가끔 그런 증세가 있는 아이들이 있다고 했다. 그러나 그건 어디까지나 어릴 때의 이야기지, 커서의 이야기는 아니었다.

상상 속의 친구 같은 거였다. 그저 자연스럽게 잊게 될, 자라면 이름조차 기억하지 못하는 그런 친구.

“카녹은 아직도 그래. 본인은 아니라고 하지만 내 눈은 속일 수 없지. 자라면서 카이는 카녹을 놓았지만, 카녹은 카이를 놓질 못했어.”

괴이한 관계다. 정상적인 쌍둥이는 아니었다. 아니, 겉으로 봐서는 누가 봐도 정상적인, 그리고 화목한 쌍둥이였다. 이상적인 남매 관계라고 해도 과언이 아니었다.

"그래서 약혼을 서두른 건가? 목숨을 걸고서라도."

"그것도 있다만 그것보다는 맥 할멈의 예언이 컸지. 그 아이의 가치는 너도 잘 알지 않나."

"……."

아카넬은 말을 하지 않는다. 친우는 머리맡에서 럼주를 꺼내서 병따개도 없이 맨손으로 코르크를 뽑았다. 사과 향이 훅 풍겨 난다.

"자네가 그리 마시고 싶어 하는 황금사과주네."

"호오, 그 과수원은 영원히 없어지지 않았나?"

"그래서 마지막 술이라는 게야. 이후에는 없을 걸세. 아 참, 잔을 챙기질 못했네."

그 말에 아카넬이 차원의 문을 열었다. 허공에서 잔이 두 개 떨어진다.

"인간일 때는 드래곤의 힘은 쓰고 싶지 않다더니."

"마지막 황금사과주에는 그럴 만한 가치가 있지."

잔 위로 금빛 석양이 차올랐다. 황홀한 빛을 한참이나 바라보다가 친우가 말했다.

"내가 왔다는 건 카이에겐 비밀이야."

식도 위로 독한 사과 꽃이 피어났다. 그때 문득 친구와 아카넬의 잔이 동시에 멈춘다.

어둠 속, 나무 그림자 언저리에서 살기가 느껴졌다. 시각이나 촉각, 청각으로는 결코 알 수가 없는 감각이다. 많은 이를 죽여 보고 죽인 자만이 느낄 수 있는 그런 감촉이었다.

"자네가 싸운다는 게 저런 놈인가?"

"모르겠어. 요즘 나쁜 놈들한테 원한 살 일이 많다 보니까."

그는 그리 말하고는 몸을 일으켰다. 달빛 아래로 그의 근육질 나신이 모습을 드러냈다. 두 아이의 아비라고는 볼 수 없을 정도로 탄탄한 근육이었다.

"뭐, 족치면 불지 않을까?"

그가 그리 말하고 나니 그의 잔상이 흩어졌다.

아카넬은 친우의 춤사위를 바라보았다. 검은 없었다. 그저 바닥에 굴러다니는 짱돌을 발등으로 쳐서 띄우고는 손등으로 날린다. 돌이 적의 머리에 정통으로 꽂힌다. 암살자들이 단검을 쏘았다. 친우는 뭐가 그리 재미있는지 깔깔 웃으며 단검을 붙잡아 놈의 어깨에 되돌려 보낸다. 그러고는 온천수를 탁 튕기더니 떠오르는 물방울 하나하나에 검기를 담아 되쏜다.

쿠콰콰쾅!

즉석으로 만들어 낸 수탄이다. 하나하나가 최상급 공격 마법에 버금간다.

그저 물방울에 검기를 담아 구슬치기라도 하듯 튕기는 것뿐인데.

'그 사이에 늘었군.'

아카넬은 술을 홀짝홀짝 마시며 이 과정을 구경한다. 예전에는 대륙 제일검에 버금가는 자였다면 지금은 동대륙에서 말하는 우화등선하는 신선이다. 만물이 그저 그의 놀이터일 뿐이었다.

'이 와중에도 피 한 방울 온천에 튀질 않는군.'

도무지 어깨를 다친 사람이라고는 보이지 않는 움직임이었다. 아카넬이 물었다.

"사람을 죽이는 데 능숙해졌군. 예전에는 대형 마수 전문 아니었던가?"

친우가 씁쓸하게 웃었다.

"그러게 말이다."

친우는 제 머리카락을 타고 뚝뚝 떨어지는 물방울조차도 수탄으로 만들어 쏘면서 말했다.

"용사 노릇이라는 거 오래 할 짓이 못 되지."

날아가는 수탄이 달빛을 받아 별처럼 반짝였다. 그렇게

별빛은 밤을 가르며 암살자의 안구를 관통했다. 소리 없는 비명이 울린다.

아카넬이 담담히 물었다.

"장님 신세인가?"

"아니아니. 아직은."

신묘했다. 그 힘으로 안구를 직격했는데 안구가 터지기는커녕 시신경을 마비시키며 막대한 고통만 준다. 거기다가 친구의 마력이 여전히 안구 안에 남아 있었다.

쓰러진 암살자를 일으키며 친구가 말했다.

"여어, 너도 평생 장님으로 살기는 싫지?"

암살자가 끅끅, 숨을 쉰다.

"수탄이 아직 터지진 않았어. 말하면 살려 줄게. 나도 불필요한 살생은 귀찮으니까."

아카넬은 작게 한숨을 토했다. 그러고는 허공에서 수건을 소환해 친구에게 던졌다.

"뭐라도 입고 좀 하게나. 원숭이도 아니고, 원."

그러고는 몸을 일으켜 암살자에게 다가갔다.

"뭘 할 생각이지?"

그의 말에 아카넬이 담담히 답했다.

"술값은 해야지. 거기다가 이 녀석이 제대로 불면 살려 줄 생각 아닌가. 자네는."

"사나이가 말을 했으면 지켜야지."

제대로 불면 살려 준다고 했으니 살려 주겠지. 이 녀석은 그런 녀석이다. 죽여야 할 때는 가차 없지만 살려 주기로 한다면 무슨 일이 있어도 살려 준다. 상대가 어떤 자든지 간에.

아카넬이 녀석의 머리에 손을 얹는다.

"원하는 걸 말해 봐. 내가 뽑아내도록 하지. 겸사겸사 지워야 할 것도 있고."

그가 인간이 아니라는 게 걸리면 곤란하다.

물론 허공에서 유리잔을 꺼내는 것 정도는 공간 마법이나 아티팩트를 사용하면 가능하다. 그러나 그것만으로는 부족하다. 이자가 뭘 보든, 뭘 듣든 한 톨도 기억이 남아서는 안 됐다.

친구도 깨달았는지 고개를 끄덕였다.

"어, 그러면 교과서적으로 가자고."

"그래. 교과서적으로."

누가 사주했냐고 물어보려는 순간, 친구가 심각한 어조로 그의 말을 막았다.

"좋아하는 음식은? 그리고 연상의 누님과 연하의 후배 중에서 너는 어느 파냐."

……그래, 이런 녀석이었다. 그의 친구 놈은.

결국 그 암살자 놈은 D컵 이상의 누님이 이상형이며, 좋아하는 음식은 푸딩, 취미는 나무 조각하기, 특기는 단검 던지기라는 사실을 알게 되었다.

이 일이 끝나면 한동안 생업을 접고 어디 시골에서 거대 옥수수 농장을 경영하는 게 놈의 계획이었다. 놈은 동정으로 태어나서 단 한 번도 여자의 손을 잡아 본 적이 없었다. 그러나 암살자 일로 많은 돈을 벌게 되면 여자 노예를 사서 평민으로 해방시켜 주고 대신 결혼하려는 원대한 꿈을 갖고 있었다.

그 계획에는 큰 문제가 있었다. 이놈은 못생겼다. 자유민이 되는 순간 여자는 도주를 계획할지도 모른다.

"배후는?"

"이놈이 뭘 알겠어. 딱 보니까 돈만 받고 일하는 거구만. 돈을 준 사람도 심부름만 받은 놈들이야."

"흠……."

"실력을 보니 개인 암살단이 아니라 암살자 길드 쪽에서 모은 일류 암살자들이야. 물론 실력이 크게 뒤처지지는 않지만 전투시 대열의 모양새가 어설픈 걸 보면 알 수 있지."

아카넬이 놈의 기억을 지웠다. 친구 놈은 허리에 수건만 두르고는 멀찍이 사라졌다가 돌아왔다.

인근 길가에 대충 매달아 놓은 모양이다.

남은 시체들을 삽도 없이 땅 속에 파묻는 모습이 신속하
다.

"도와줄까?"

"됐어. 너에게는 더 큰 거 부탁할 게 남았거든."

4.

친우는 그렇게 떠났다. 술을 마시고 치료를 받고, 밤새도
록 수다를 떨면서.

몇 번이나 몇 번이나 카이에게는 비밀로 해 달라는 말을
하면서.

무슨 사연이 있는지는 알 수 없지만 아카넬은 알았노라
했다. 친우가 그걸 부탁하는 데는 늘 그럴 만한 이유가 있
었다.

"아, 자네 피 좀 주게."

'피는 무슨 놈의 피?' 라고 물으니 그가 답했다.

"용신의 피가 필요해."

어디에 쓸 건지, 왜 쓰는지도 말하질 않는다. 골

치 아픈 녀석이다. 어쩌다가 이런 놈과 친구가 되었는지 아무리 생각해도 일생일대의 실수가 아닐 수가 없었다. 그렇다고 해도 이 녀석이 어딘가에서 비명횡사하는 건 보고 싶지 않았다.

그 이유가 단순이 저 녀석과의 우정 때문인지 카이, 그녀가 슬퍼하는 모습을 보고 싶지 않아서인지는 알 수가 없었다. 아카넬은 작게 혀를 찼다.

'물러진 건가.'

용신의 피는 강력한 마력이 담겨 있다. 약으로 쓰면 만병통치제라고 불리는 엘릭서의 재료가 되고, 독으로 쓰면 바실리스크의 피를 뛰어넘는 극독이 만들어진다.

예전이라면 절대로 내주지 않았을 텐데 마음이 약해져 버렸다.

친구 놈은 헤실헤실 웃으며 떠나갔다. 떠나기 전 마지막으로 상자 하나를 건넸다.

"아, 이거 카이에게 건네줘."

포장 하나 변변히 되어 있지 않았다. 안을 열어보니 보석이 들어 있었다. 보석 안에 들어있는 마력을 눈치 챈 순간 손이 굳었다.

"여신의 눈물이군."

"응."

"신을 죽이기라도 한 건가? 이건 신족, 그것도 최
상위급 신족에게서가 아니면 얻을 수 없는 물건인
데?"

신성력의 결정체. 절대 지상에서는 얻을 수 없는
보석이었다.

친우가 말했다.

"말하자면 길어. 나중에 그 아이가 정말 힘든 순
간이 오면 그때 건네줘. 내가 줬다는 소리만은 하지
말고."

"왜 이걸……."

"때가 되었으니까."

그 말을 끝으로 친우는 훌쩍 멀어졌다.

멱살이라도 붙잡고 흔들고 싶다만 아카넬은 그저 한숨을
포옥 내쉬었다.

상대는 카나스 알테리온.

한번 말하지 않기로 결심한 일은 하늘이 두 쪽이 나도 입
을 열지 않는 자니까.

'악우를 뒀군, 악우를 뒀어.'

그녀에게 이걸 어떻게 전달해야 할지가 문제다.

그가 아는 카이 알테리온은 까닭 없는 물건은 받지 않는 여인이었으니까. 그리고 그 고집은 제 아비와 꼭 닮았으니까.

문득 그는 여신의 눈물을 쓰다듬었다. 그녀의 눈동자와 꼭 닮은 색이었다.

이 보석을 보고 있자니 저도 모르게 가슴 한편이 묵직하게 쓰려오는 게 아닌가.

"……?"

먹은 게 잘못된 건가 싶어 가슴을 내려다보지만 그럴 리가 없었다.

그는 신룡이고 철이라도 소화시킬 수 있는 이니까.

그럼에도 가슴은 계속해서 쓰려 왔고, 아카넬은 소화제를 찾으러 저택으로 돌아갔다.

그건 꽤나 생소한 감각이었다.

〈외전 악우 완〉